もくじ

神谷美恵子　島の診療記録から

ひととしごと

サン＝テグジュペリ[1]は遺稿となった大作『城砦《じょうさい》』の中で、「交換」échangeという思想をしばしば述べている。人間は何かのしごとに打ち込んで、自分のすべてをそれに献げることによって、自分の生命をそれと交換するのだという。そのしごとが大工の作業であろうと、刺しゅうであろうと、何でもいい。ともかく我を忘れて努力をつみかさねるうちに、そこにその人間よりも永続的な価値のあるものが生まれ、その人間はやがて年老いて死ぬが、死ぬとき、「その両手は星で一杯なのだ」という詩的なことばが記されている。

　私はこの思想が大好きで、何度もこの部厚い本を読みかえしてみる。しかしいくらこの美しさに魅せられても、自分自身でこの思想を生きるだけの力がないので、これはただいつも、理想の一つとしてあたまの上に輝きつづけているだけである。

ただ、私は私なりに、自分の貧しい「島のしごと」を通して、しごとというものの持つ意味を経験させられたように思う。自分がじっさいに経験でたしかめてみた考えしか、ひとは責任をもって語ることはできないのだろうから、その小さな範囲内でのことをここに記してみよう。

ひとは或るしごとに就くとき、主体的にこれをえらぶことも多かろう。私の「島のしごと」は主体的選択とさえ言えないのだが、とにもかくにも、十年以上も或るしごとをやっていると、その仕事は逆にそれをやる人間をつくり変えて行くものらしい。まず思わせられるのはそのことである。

私のしごととは大したものではない。昭和三十年代の前半から現在に至るまで、国立療養所長島愛生園《あいせいえん》(2)でほそぼそと行なってきた精神科医療のことである。阪神間に家を持つ主婦として、どうしても島に住みこむわけには行かず、月に一回か二回、二泊、ときには四泊ぐらい島に滞在し、「しないよりはまし」かも知れないことをやってきたにすぎない。

これを始めた頃は精神病棟はまったく医療の対象となっていなかったようで、看護婦もよりつかず、らいに対しても精神病に対しても、何の治療も行なわれていなかった。園長の理解のもとにこの事態が改められ、厚生省も新しい、明るい精神病棟を建ててくれた。らいに対する治療も行なわれ、向精神薬も投与され、荒れ狂っていた患者たちは心身ともにみちがえるほどよくなり、人間らしくなった。いまでは完全に薬から離しても大丈夫な患者もいるし、一般舎に復帰している人もいる。こうしたよろこばしい変化をもたらした最大の力は、日々の生活指導と看護をしてくれた婦長以下現場の看護職員の努力であろう。この看護職員には男性も女性もいるのだが、看護というしごとには、この双方が必要なのだということを私はつくづく教えられたように思う。

　らい患者の新発生は、いまの日本では極めて少ないから、精神病の新発生も少ない。ということは、私たちがだいたい同じ精神病者たちの経過を十年以上にわたって観察してきた、ということになる。十年前には野獣のようにしかみえなかった患者が、多少の「欠陥状態」を残しているにせよ、にこにこして他人とも心をかよわせ、おだやかな日々を送るようになった。その姿は純真で美しくさえある。どんなに絶望的にみえる精神病者にも、このような人間性回復の可能性のあることを、私は確信するようになった。これは「島のしごと」が与えてくれた大きな恩恵である。

しかし、しごとというものはまた、いやというほどこちらの弱点をあばき出すものだ。私は医師として知識や技能の足りないことはもちろん、何よりもまず人間として、島で精神科をやる資格のない者であることを痛感させられつづけてきた。

これはただ謙遜《けんそん》で言っているのではない。まったくだれの目にも、私ほどあそこで働くのにむいていない者はなかろう。自分の道化のような姿に気づき始めたのは、精神病棟以外に住んでいる一般の患者さんたちのために、いわゆる「外来」診療を始めるようになってからのことである。

外来にやってくる人たちのほとんどは精神病者ではなく、ノイローゼや精神身体疾患の人が多い。この人たちには投薬だけではだめで、精神病者の場合以上に、精神療法的アプローチが必要となる。

このアプローチの中には、無言の態度や表情もふくまれるが、何と言ってもことばにたよるところが大きい。私はまず標準語しか話せない、という点で失格者であった。そこへ行くと、私と交代で八年間余りも島へ通って下さった精神科医高橋幸彦先生は、ざっくばらんな大阪弁で話されるので、先生の気さくな性格とあいまって、患者との間に気易いラポール(3)をつくりやすかった。これは患者自身からきいたところだからまちがいない。

その上、私の生い立ちや背景は日本人としてはかなり都会的、西洋的な色彩が濃い。患者たちの大部分は中年以上で、農村の出身者である。らいというもののつくる心の世界を理解しようとするだけでも大へんなことだが、らい以前の彼らの世界を理解することも私には難題である。その上、この頃は沖縄からの患者がふえて、これまたちがった風土習慣を背景としている。

自分の身につけているものを、できる限りかなぐり捨てて、心と心だけで彼らとぶつかること——これを志向するほかに道はなかった。同時に日本という風土に深くしみこんでいる土俗的な慣習や仏教的な考えかたなど、みな学ばなければならないことに気がついたのは、まだ最近のことである。上つらばかりの西欧的教養を身につけた「あたまでっかち」の都会的インテリというものは、いかにもひよわく、日本の辺境でほんとうの仕事はできないのではないか、とこの頃、このこっけいな道化医者は考えている。キリスト教が日本に土着困難なのも、こうしたところに原因があるのではなかろうか。そして私はいつも考えるのだが、どこのだれにでも通じ、通用する思想しかほんものではないのではないか、と。

それから、いうまでもなく、最大で最も深刻な問題はらいという病気にまつわる多くの実存的な悩みである。一部の患者にみる極度の肢体《したい》不自由、顔貌その他の変形、感覚麻痺《まひ》からくる身体図式の変容、らいの悪化の場合に生じる絶望感、家族および社会からの疎外《そがい》——。その上この頃はガンで死に直面したひとなど、狭い意味での精神科をはみ出したケースに往診をたのまれたりする。

こういう人たちに接するのに、どうしたらよいか。どういうことばを彼らに述べうるか。特定の宗教の伝道者と精神科医とは立場がちがう。もし患者がすでに何かの宗教や信念を持っているならば、それを尊重するのが一ばんいいと思う。そうでない場合には、まず相手の心の世界を知ることにつとめ、それに通じることばをみつけるべきなのであろう。そのことばは、何よりも人間の生と死と宇宙とを支える、超越的な力への信頼をもたらすきっかけとなるべきものでなくてはならないと思う。この信頼がなくては、人間はほんとうは一日たりとも安心して生きて行けないはずなのだ。

いずれにせよ、限界状況的なものに直面したときの人間の心情には、普遍的なものがあると思う。ただ、それを乗りこえるための手がかりとなることばは、決して出来あいのものでよいはずはなく、その時どきに、相手によって、ふさわしいものを探り求めなくてはならない。

いく人かの患者さんに関して、これを探り求めるという課題を、いつも島から背負って帰ってくる。そして次に島へ行くまでの間、何かにつけて考えつづける。そのためであろうか、いつも島から帰ってくるとしばらくの間は、ふつうの日常生活にすらっと適応できないような感じがつきまとう。つまり、家庭とか職業とか、健康とか能力とか、そうしたもののもろさ、はかなさが感じられてならないのだ。

その結果の一つだろうが、自分が道化であろうが何であろうがかまわないではないか、と思うようになった。人は何かにつまずいて、はじめてその障害物の所在を知る。私のしごとはそんなものにすぎなくてもいいではないか。高橋先生はもう昨年かぎり来られなくなったし、ともかく、どなたか代って下さるまで、体力のつづく限り、ほそぼそと「島のしごと」をつづけよう。こういう覚悟が昨今ようやく固まってきた。これもしごとがひとを作りかえた例の一つなのだろう。

（一九七一年　五七歳）

島の診療記録から

日本のらい療養所には、昭和三十二年まで精神科というものがなかった。らい患者における精神病の発生率は、一般人口と同じであるが、この精神病者たちにはらいに対する治療も、精神病に対する治療も行なわれず、双方とも最悪の状態のまま、医療の対象の外に置かれていた。

ふとしたことから長島愛生園の園長に頼まれて、精神科診療のため、定期的に島がよいをするようになってから、十二年になる。全く「しないよりはまし」程度の精神科診療にすぎないので、どうかフルタイムの精神科医が代って下さるように、といつも探している。

しかし、この十二年の間に、一人の有能な若い青年精神科医があらわれて、ここ六年間、私と交代で島へ行って下さるようになったし、立派な精神病棟を建ててもらうこともできたし、ここにいる精神病者たちに対しても、完全看護が行なわれるようになった。定期通勤のほかは電話連絡で何とか精神科がつづけられているのも、看護職員たちの熱心と、他の医官方のご協力による賜である。

精神病棟には愛生園のほか、光明園《こうみょうえん》、大島青松園《せいしょうえん》の精神病者をもあずかっている。しかし百床の予定が三十床に予算をけずられてしまったために、この「瀬戸内三園」のいずれにも、精神病棟に収容しきれない精神病者が、一般舎に住んでいる。それで私たちは三園を巡回診療したり、愛生園内でも、あちこち「往診」して歩くことになる。精神障害者は分裂病が多く、その他躁うつ病、非定型精神病、てんかん、精薄など、一般社会と変らない。また、らい患者の平均年齢は五十二歳になったので、老年性痴呆《ちほう》や老年性精神病もだんだん多くなってきた。しかし、薬物の発達のおかげで、昭和三十二年にみたような荒れ狂う精神病者は、めったに見られなくなり、老年性精神病でさえ、時折り、みごとに治って私たちを元気づけてくれる。精神科外来というものも、昭和三十五年頃から始めたが、少々繁昌しすぎるとはいえ、初期の徹底的無理解とくらべて精神科というものに対する理解と信頼が増したからだと思えばこれまたはりあいがある。ここへくる人たちは大ていノイローゼか、脳血管障害の患者である。

以上は、ふつうの精神科の範囲内のことであろう。ところが、らい園の精神科医に要求されるものは、この範囲を越えていることが少なくないような気がしてならない。この点を少し記させて頂けばあるいは、一般社会の方にも何らかのご参考になるのではないかと思うので、以下、最近の経験例を二、三述べてみたい。

第一例。まだ三十代の男性患者で、精神科的疾患は何もない。優れた詩を書く人で、詩人で、詩人らしい、敏感なところがある。らいのために眼を犯され、眼科治療のために、病棟に「入室」した。失明寸前の彼に往診を乞われたとき、彼は次のように訴えた。

「ぼくの唯一の生きがいは詩を書くことなんです。盲になったら書けなくなる、死んだ方がましです」

独身の彼には、筆記してくれる人もない。それに詩想というものは、ヒョイ、ヒョイと思わぬときに浮かんでくるし、その時すぐ書きとめなくては流れ去ってしまう、と言う。彼は指もおかされていて、ふつうのテープ・レコーダーを操作することはできない、と言うので、新式のカセット式レコーダーをためしてもらった。約一ヵ月かかって、これを操作できるようになり、やがて数篇の詩が生まれた。それは大きなよろこびだった。この間、らいは進行し、完全失明となったうえ、体じゅうに「熱こぶ」が吹き出し、慢性腎炎も悪化して全身浮腫《ふしゅ》ができた。三月末、大部屋の彼によばれて行くと、彼の精神状態は、全く絶望と捨てばちに陥っていた。「どうせもうぼくは治りっこないのだから医療も看護も要らない。どこか個室に放りこんで、放っておいて欲しい。思う存分詩を書いて死にたい」と言う。

身体は末期状態にある、と内科の主治医が言われるので、個室に移してもらうことはできた。しかし、療養所として医療や看護を行なわないわけにはいかない。そして身体医学的には、この人は絶対安静を守るべき状態にある。いったい私は彼の苦悩に対して何をなしうるか。いま彼に必要なのは、精神医学よりも、宗教や哲学や思想といった領域のものではなかったろうか。私は無力な一医師として今なお彼の前に立ちすくんでいる。

　第二例。三月末、夜の十時頃、各病棟を回診していたら、外科病棟の婦長によびとめられた。ある患者が、たびたび呼吸困難の発作を起して困るので、みに来てくれ、と言う。彼の個室へ行くと、初めて会う患者で、五十をちょっと越えた男性であった。らいの結節が喉頭部《こうとうぶ》にできて気管がふさがりそうになったため、昨年気管切開を受けた由。それ以来、気管に挿入されたカニューレで呼吸しているため、声が全く出ない。昭和十八年、初めて愛生園に行った時には、こういう状態の人は珍しくなかったが、戦後、らいによく効く薬が使われるようになってからは、ごくたまにしか出合わない。この人は幸い視力はたしかで、指も多少の欠損はあっても、鉛筆をにぎって、字をかくことができる。彼は筆談で、私は口で、小一時間ほど話し合った。

「私は精神科なんかに関係を持とうとは、全然思っていなかった。ただ私が知りたいのは、なぜ時々呼吸困難の発作がおこるか、ということです。その時、どんなに苦しいか、だれもわかってくれない。検査の結果、異常がない、といわれるだけだ。発作はいつも、室温が十五度以上になると、体がカァッとして起る。どうしてなのか。いつも寒暖計ばかり眺めている私は、もう廃人です。死にたくて、始終死ぬ方法を考えていますが、死ぬ体力もないのです」

達者な字で彼が訴えたことを要約すれば以上のようである。まだ早春なのに、室温を十五度以下に保つために、病室の窓は開け放たれ、すぐそこの暗い海からは肌さむい風が吹きこんでくる。やせおとろえ、眼をぎょろぎょろさせ、小きざみに体をふるわせている患者の姿には、鬼気せまるものがあった。私に何が言えるだろう。しかし、何か言わなくてはならない。彼は必死で答を求めている。——不安発作の苦しさは、味わってみた人でないとわからないが、たしかに死ぬほどの苦しみにちがいない。どうしてそういう発作がおこるか。不安↓感情の中枢の乱れ↓自律神経中枢の失調、と心身医学は説明する。あなたの場合は気管切開後つねに窒息《ちっそく》への恐怖を抱いてきたろうから、この症状のおこりかたは、当然かも知れない。自律神経中枢の失調がおこると、温度感覚にも異常がおこることが証明されている。従って、あなたの発作は必ずしも気温や室温とは関係ないのではないか。寒暖計は柱からはずしてしまったほうがよくはないか。そうでないと、これから夏にむかって、気温があがって行くのをみては、条件反射的に発作がおこるおそれもある。だいたい、不安発作で死ぬことはない。それは、今までの度々の発作で、あなたが死ななかったことで証明されている。発作がおこりはしないかと心配するより、おこってもいい、という位に考えること。そして、それよりも、幸い視力と、ものを書く力が残されているのだから、残存機能をフルに使って、心にあることを書きつづったらどうか。日記の形でも、和歌の形でも何でもよい。そうすれば医師も看護婦も、みなよろこんで読むから、あなたの心は皆に通じるようになる。この次、私がくるまで、私のためにも、たくさん書いておいてくださいよ——。

こんなことを話しているうちに、患者の顔は次第に明るくなり、おちついてきた。どうかそうした状態がつづくように、そして今後面接を重ねて、このような人の心のもちかた、生きる道を共に探り求めて行きたいと祈りながら、真暗な海辺ぞいの道を、私は帰って行った。

第三例。ある老人の自殺者。この人は肢体不自由もほとんどない六十代の男の人であった。多くの男性らい患者のように、この人も独身。彼は精神科を受診したことは一度もないので、生前の彼を私は知らない。この間、島へ行ったとき、夜海に身を投げて、朝、海辺に死体が横たわっていた。らい患者の自殺率は、戦後一般社会とさして変らなくなったのだがまだ時折り、こうしたことがある。

自殺者の知人である患者たちの言によると、この人は「自分はもうこの世に用のない者だから」とさいきん言っていたという。彼の話をしながら、これら知人の一人はボソッと言った。

「まったく、俺たちにはすることがないんだからな」。すると次々に皆言う。

「何かすることが欲しいな」

「俺もそうだ」。みな五十代の人たち。

問題はこれなのだ、と私はまたしても思う。島の人たちは、国家の手で衣食住を保障され、小づかいも僅《わず》かながら支給されている。肢体不自由でない人の中には、内職や作業に精だす人もいるが、一、五〇〇人の入園者中、盲人は二〇〇名以上、大部分が肢体不自由で高齢。こういう状態で「何かすること」をみつけること、みつけさせることの、何と困難なことであるか。そして問題は単に「すること」だけの問題でもない。

以上の例は氷山の一角にすぎない。精神と肉体。その双方に病や苦悩を負っている人間の生き行くことのむつかしさ。私はこれにいつも圧倒されつづけてきた。しかも、考えてみれば、結局、以上は人間の姿を、つきつめた形であらわしているにすぎないのではなかろうか。心の健康ということを考えるとき、こうまでつきつめて考えなくてはならない問題が、人間存在の根底にあるのではなかろうか、それで私は何もできないくせに、何よりも「学ぶために」、「教えられるために」、島へかよっているらしい。

（一九六九年　五五歳）

万霊山にて

瀬戸内海の島の一隅に小高い丘があり、こんもりした木立の中をゆっくりした山道がゆるやかにめぐっている。この道をのぼって行くと間もなくあたりは明るくひらけてきて、丘の頂きには半球形の大きな石のドームがどっしりと坐っている。その頂点からは金属の細い輪が空へむかっていくつも重なって行く。インドの卒塔婆《そとば》を模したものであろうか。正面には小さな石段があり、その上の花生け二つには、いつ来てみても生きいきした花があふれている。ここでだれにも会ったためしはないが、きっと患者さんたちが丹精をこめた花であろう。ドームの両側には日本風の石燈籠《いしどうろう》が立っており、そこからやや離れた斜面に木造のあずまやがある。もうだいぶ長い間風雨にさらされていて、屋根やベンチの一部はくずれかかっているが、てくてくと暑い道を往診に行った帰りなど、ちょっと立ちよってひとり休み、涼風に吹かれながら考えにふけるには最高のところである。

もっとも、ここへ来るときは必ずしもひとりとは限らない。すでに何年か前にらいが治って社会復帰した青年がいたが、少し知能が足りないその人と一緒にここに来て、辛酸《しんさん》をきわめた彼の半生の物語に耳を傾けたこともある。さいきんではある患者さんと二人で雨の中を散歩し、彼女の根づよい被害念慮《ねんりょ》について語り合ったこともある。

いずれにしても、ここへ来れば大きな卒塔婆がだまって、そこに立合っている。いわば死の背景のもとでの対話であり、冥想であるといえよう。生と死について考えるのに、これほどよいところがあろうか。このドームの中には三千人を越える人たちの遺骨が納められているのだ。四十年の愛生園史の中で亡くなったらい患者全部の遺骨と、ここで働いた職員のほとんど全部の遺骨である。創立者光田健輔[1]先生ももちろん例外ではなく、納骨式の日の光景はいまだに目にあざやかに浮ぶ。島の人はこの丘を呼んで万霊山《ばんれいざん》というが、この万霊山こそ長島愛生園全体の背景であり、死こそ生全体の背景なのだと思う。少なくとも、私はここに来るとき、いつも死の相のもとに生を眺め、死者の眼の前で生きていることを痛感せずにはいられない。

このドームの住人たちの中には、生前何年にもわたって診療したり、親しくつき合ったりした人が何人かいる。なえた手で美しい詩の数々を書きのこして行った人。長い間「菌」に関する妄想を訴えつづけ、ついに身投げして逝った老人。患者の人権闘争の先頭に立って奮闘したあげくガンで倒れた男の人。良家に生まれ、娘時代に発病し、見るかげもなく病みおとろえても、さいごまで宗教的な生のよろこびを高らかに歌いあげて行った俳句の名人などなど――。

療養所で死亡した患者はほとんど全部解剖《かいぼう》に付せられるので、私も解剖の手伝いをしたことが何回もある。死後一日にもみたないのに、人間がただの物体に変ってしまうことのふしぎさには、いつまで経っても慣れ切ることはできないが、それでも解剖小舎にいる間は全く冷酷な「科学者」となってしまう。生前あんなに黄疸《おうだん》がひどかったが、やっぱり開《あ》けてみれば肝臓の中にこんな大きな腫瘍《しゆよう》がかくされていたのだな、などと同僚と感嘆しあうときには、一種の「認識のよろこび」にみたされている自分に気づく。

こんなときには生きた人間として親しんだ故人の存在はしばしば括弧《かっこ》の中に入れられてしまうらしい。

死および死者について、もっとも人間らしく考えることができるのは、こうした解剖のときでもなく、当直の時など患者の臨終に立会うときでもなく、やはりこの万霊山の上のような気がする。ここにたたずみ、あれこれの故人のありし日を思い浮べるとき、慕わしさやなつかしさ、尊敬や悔恨《かいこん》や哀惜《あいせき》など、さまざまな思いにおそわれる。故人たちが無に帰したとは到底思われない。なるほど彼らのからだは切りきざまれ、焼かれはした。しかしそれは皆もとの元素になって、大自然の中にかえって行ったにちがいない。松の木の間をわたって来る風の中にもそれは舞っていることだろう。木と草の下でしずまりかえっているこの島の土の中にもそれはしみこんでいるだろう。そして死者の生きた足跡は、歴史を通して無形のうちに私たちの生に働きかけているのだと思う。

考えてみれば、死後のことばかりを思って生前、すなわち人間が生れてくる前のことを思わないのはおかしい。私たちは生れる前も大自然の中に、諸元素として散らばっていたのだろう。それがたまたま諸条件の微妙な組みあわせによって一つの生命、一つの個体、一つの自我となってこの世に生れてきたのだ。いわば「永遠」または「無時間」の次元からしばらくの間、歴史的時間の中に組みこまれたわけである。縁あって時と所を同じうして生れあわせた者は、共に生き、共に苦しみ、共に何らかの歴史を形づくった後、再び永遠の次元にかえって行くのだ。人生は「永遠」と「時間」の交差点であり、人間が歴史に参与できるのは、この点にも似た短い期間にすぎない。与えられたこの短い生をどのように生かすか、生かせるか。それを見たければこの卒塔婆のうしろの扉をあけて、たくさん並んでいる小さな骨壺《こつつぼ》を眺めればよい。困難の中で堂々と使命に生きた人や苦悩の中で雄々しい生涯を生きぬいた人の名前が、そこにはいくつも記されている。

それにしても、こんなにふかぶかした緑につつまれ、こんなにもあおあおした空と海にかこまれた丘の上で、しずかに憩《いこ》うことができるとは何とすばらしいことだろう。故人たちにとって人生がどれほど苦渋にみちたものであったとしても、今こそは特等席が与えられている、といってはいけないだろうか。ここにはもう「壮健さん」と「らい者」との間の差別はない。死の世界ではみな平等で、天国行や地獄行などという区別もない、と私は勝手に考えている。平等なのだから、私のようないいかげんな者でも、ここに入れてもらえないだろうか。ふとこういうおかしな思いが浮びあがってきて、自分で自分を笑ったことが今までに何度かある。どこに骨の破片があろうと、もはや所有する主体もないのだから何のちがいもないはずなのに――。

それなのに、この子どもじみた願いはよほど根づよいらしく、あるとき前に記した精薄の青年とあずまやで話しこんでいた際に、とつぜんこんなことばが飛出してしまった。

「私のような者には、ここに入れてもらう資格はないのかしらねえ」

ひとりごとのつもりだったのに、青年は即座に力強くこう言った。

「大丈夫だよ、先生。先生が死んだら俺がここに入れてやるからな」

（一九七〇年　五六歳）

患者さんと死と

ずいぶん無責任なやりかたで長年つづけてきた長島愛生園精神科診療のしごとを、昨年四月三十日付で正式に辞めさせていただいた。体力が不足してきたためだが、地元の岡山大学から若くて有能な精神科医が交代で来診してくださるようになったからこそ、後顧《こうこ》のうれいなく休ませていただけるわけである。

十五年ちかく親しんだ島は今や心の中の風景となり、なつかしい患者さんたちは時どき夢の中にまで登場する。日中は島から手紙や電話や、時には花の苗まで来るので心のつながりは少しも切れた気がしない。

このごろ患者の老齢化のため島の死亡率は高く、私が辞めてからも知っている患者さんが何人か亡くなった。しかし地理的にはなれているせいか、彼らの生死の区別が私の心の中では一向はっきりしていないらしい。その証拠に両者とも夢の中に同じようにあらわれてくる。けっきょく心に深い印象を残した人は現在の生死に関係なく、心の中に生きつづけるのだろう。いくつになっても親の夢をみるのもそのためにちがいない。

死ということを抽象的に述べるよりも、ここでは死を考えるよすがとして何人か故人になった患者さんたちの姿を思い浮べてみることにしよう。

数年前のある夜九時ごろ病棟を回診していると、ある患者を往診してくれと婦長さんから依頼された。海岸側の個室に行ってみると、まだ若いといえそうな男性がガンに声帯をおかされてあえいでいた。らいは死病ではないので、らい患者の死因は一般と変わりなく、ガンも少なくないのだが、この人はまだガン年齢とはいえない。彼自身もそうとは知らないので、こちらはそれだけ心がしめつけられる。

開け放された窓からは暖い春の夜気と打ちよせる波の音が流れこみ、彼のかすれ声をかき消すので、彼としては筆談しか方法がない。わら半紙にボールペンで達者な字をかき、まず自分のペンネームを示した。園内の雑誌でよくお目にかかったおぼえのある名で、マルクシズムに立つ活発な評論活動は強く印象に残っていた。

わら半紙に記される文字はイデオロギーとは全く関係なく、一人の病人として不眠、頭痛などの訴えがあるほか、患部への処置についてのさまざまな疑惑や不満が述べられていた。カルテをあらかじめ見ている私としては、精神安定剤を投薬したり、いろいろと話し相手になるほかはどうしようもない。容態は行くたびに悪化し、衰弱《すいじゃく》は加わるばかりだった。彼もなんとなく死の近いのを感じとっていたのかもしれない。

あるとき彼は書いた。

「ぼくが死んだら○○誌に皆がS氏はこうだった、ああだった、と得々としてぼくのことを書くだろう。そう思うとたまらなくなる」

「どうして?」

「さしみのつまのようにされるのが、たまらないんです」

この人の気持をわかろうとして精一杯の努力をしてみる。

「さしみのつま？　つまりあなたを口実に自己主張をすることね。そう、それなら人間みんな順ぐりにそういうことをするのじゃないかしら。でも他人の価値も自分の価値もほんとは人間にはわからないのじゃない。死後なんと言われようと、それで自分の価値がきまるわけでもないのではないかしら」

こんなわけのわからないことを言いながら私はマルクス・アウレリウス[1]が死後の名声をねがうことに対して自らをいましめていることばを思い出していた。こんなことはSにとって、ピントはずれだったのかもしれない。でも死について語り合えることが彼にある安らぎを与えているように思えた。

死に近づきつつある人はみな孤独の中で死を思うらしいが、それを口にするとまわりの者にはぐらかされたり、安易に慰められたりしてしまう。死の話の相手をすることは容易ではないが、逃げ出さずに話をうけとめるのが死に行く人のそばにある者の役割かと思った。

不自由舎センターの個室にいつも端然と座っていた品のいい八十代のおばあさんがいた。ある時何かの病気のために病棟のベッドに入れられたが、その後間もなく、朝早く水ぎわで倒れているのが発見された。自殺しようとしたのだった。

前から知っている人だったので、その後はたびたびベッドを訪れた。いつも白髪を私の顔にすりよせるようにして訴える。

「あんたさんはわかってくださるでしょう。私はもう生きていても人さまの迷惑になるばかりです。どうか一服盛って、らくに死なせてください。ねえ、お願いです」

美しく上品なこの人はどういう一生を送ってきたのだろう。入園したのはこの人が老いてからのことだ。年老いてからのらい発病がこのごろ増えている。老いてからとつぜん身内からひきはなされて孤独と拘束の中で死と直面し、死を希求しているのだ。この人に何が言えるか、と心に苦しく問いつつ何回かの訪床がすぎて行った。何を言ってもこの人はききいれない。あるとき島へ行くと、ついに彼女は安らかに逝ったときかされた。安らかな憩いをもたらす死——。バッハのカンタータのことばが思いだされてならなかった。

まだ三十代の詩人だったが、ひどく進行の早いらいで、菌の抵抗性発現のため薬もきき目がなくなった。詩をかくことだけが生きるよろこびだったのに、視力がどんどんうすれて行く。おきまりの不眠、苦悩で病棟の往診によばれた。

「詩が書けなくなるくらいなら、死んだほうがましです」ぶっつけるようにいきなり言う。

「看護婦さんかだれかに口授して書きとってもらったら？」

「でも詩想なんていつヒョイヒョイと浮んでくるかわからない。そのときうまく人がそばにいてくれるなんて望めないじゃありませんか」

結局、当時できはじめていたカセット・テープレコーダーというのを外国の友人の篤志《とくし》で購入し、島に持参した。不自由で出血しやすい病人の指になるべく圧力のかからないのを探したが、それを手さぐりで操作できるようになるまで、まる一ヵ月はかかった。やっと自分の手で吹きこむことができるようになり、七篇の美しい詩ができあがったとき、彼をはじめ周囲の人びとのよろこびは何と大きかったことだろう。

しかし、その後間もなく彼は腎炎のために若くしてこの世を去って行った。さいごまで看護婦さんや友人に甘えて、駄々をこねたらしい。短い一生の苦悩を代価として結晶したような一冊の詩集が、その後彼の友人たちから私の手許に届けられた。

園ではまるで工場みたいな炊事場《すいじば》で全患者の食事をつくり、配給している。そこで食糧部長をつとめているという五十代の患者さんが、いつごろからか精神科外来へくるようになった。血圧が高いので一応の薬を渡しながら、ぜひ内科で精密検査を受けるようにすすめた。しかし、どういうわけか私たちのほうばかりに来る。

「先生に私の生命をおまかせしてあるんですからよろしくお願いしますよ」

いつも赤い顔をほころばせ、ふとった体をゆすってほがらかに笑った。内科へ行かせるのには骨が折れたが、どうにかとき伏せた。それからしばらくして彼は病棟に入室、間もなく亡くなってしまった。心臓も腎臓も悪かったらしい。元気一杯に働き、働くことを心からたのしんでいた人だった。彼はまだ私の心の中で豪放に笑いつづけている。

むかし小学校の先生をしていたという篤信《とくしん》のクリスチャンが内科の病棟にねたきりでいた。

失明し、やせこけた六十歳ぐらいの男性だが、いつもニコニコし、文字通り口角泡をとばして信仰談をしてくれた。こちらが精神科医であることを時には思い出すらしく、そういうときは決まって次の質問をした。

「目が見えないのに目の前にいろいろな色が縞《しま》になって走るのはなぜですか。幻覚ですか、それとも幻想ですか」

これは難問で、いつも閉口したものだ。しかし別の盲人からも色のついた形が見えると言われたことがあるし、「盲人の心理」という本にもそのようなことが出ていたので、それを伝えると彼は大そうよろこんだ。知識欲さかんな人だったのだろう。辛酸にみちた過去については何一つ語らず、ユーモラスなことばを始終口にし、小声でさんびかを口ずさんでいるのを耳にしたこともある。衰弱のあげく静かに昇天したが、その後彼を知る人たちの追悼《ついとう》の辞を読んで、彼が往年、園内の教会のリーダーであったことを知った。

しかし、信仰の闘士として知られた人でも死に直面して気弱くなった人もある。死因となる病気の性質や経過、また死に行く人の年齢や気質や体力によっても死にざまは左右されるのだから、いわゆる大往生をとげるかとげないかは、そう問題にするに足らないことがらではないだろうか。それよりもふだん生きているとき、どのような生きかたをするか、のほうが大切だと思う。

明日のことを思いわずらうな、というのは死にざまについても死後についても言われたことにちがいない。死をひかえての生の中で精一杯生き、できることならその生の中で永遠につながるものを吸収したいものだ。

（一九七三年　五九歳）

使命感について

人間は他の生物にくらべて、ずいぶんぜいたくな存在ではなかろうか。ほかの生物とちがって、人間が元気よく生きて行くためにはいわゆる生物学的条件がそろっただけではだめで、その上、いろいろな精神的・社会的条件がみたされなくてはならない。その中でももっとも重要なのが、生きがいを感じたい、という欲求の充足であると思う。

生きがいを感じる心を「生きがい感」と名づけて分析してみると、そこにはいろいろな要素がふくまれていることがわかる。それをみな集めて、煮つめてみると、使命感という形をとるのではないか、と私は考えるようになった。

長島愛生園の人たち

どうしてこう考えるようになったかというと、いくつかの理由があるが、その主な二つは、長島愛生園の患者さんたちの観察及び一般精神科臨床での観察に根ざしている。

愛生園の患者さんたちは、気の毒な病気にかかったとはいえ、よい薬の発見のおかげで大部分の人がよくなってきており、この病気そのものの苦痛に悩む人の割合はずっと少なくなっている。その上、国家の手で一応の衣食住と医療を保障されているから、ただ生きるだけのことなら、何も心配のない状況にある。しかし、彼らの中には、生きがいが感じられないで悩む人がじつに多い。しかも、どちらかというと、病気の重い人よりも軽い人に多い。

病気が軽くて年も若い人のごく少数は、社会復帰という希望があるので、それを目標にくらしているから、生活のはりもある。しかし、今では、患者さんたちの平均年齢は五十歳以上になっているので、せっかく病気がよくなって、社会復帰しても大丈夫、といわれても、もはや社会へ出て自力で生活して行く意欲も能力もない人が多い。この人たちが毎日、とくに何をするでもなく、ただ食べて、寝て、という生活をしていると、生きがいが感じられなくなる。そのためノイローゼになる人はかなり多く、なかでも心気症という状態になる人が少なくない。

これは、身体のあちこちが工合わるい、とたえず訴えるノイローゼで、しかも、いくら身体をしらべても、どこにも故障がみつからない場合をいう。

「先生、お久しぶり」と言って、この間、元気よく外来診察のへやにはいってきた中年の患者さんがいた。まっくろに日やけして、ひきしまった顔つき。きびきびした挙動。そのにこにこした顔をみつめているうちに、私はやっと、その人が十年前の昔なじみであったことを思い出した。十年前、この人は内科病棟のベッドに、まるで瀕死《ひんし》の病人のように横たわり、ときどきひどい心臓の動悸《どうき》の発作をおこして、周囲の人々をおろおろさせていた。しかもいくら調べても心臓に悪いところがみつからない。何か仕事か趣味か、打ちこむものをみつけなさい、と私は何度もそのころすすめたのだが、いっさい耳に入れてくれなかった。

あのままでは、自分の一生はだめになる、と思ったんです。それで思い立って畑づくり、園芸、魚つりなど、次々と手を出して、いまでは忙しくて、からだのことなんか、気にしている暇もありません。けっこう商売にもなりますし――。

これがその後の彼であり、いま、目の前にあらわれ出た、奇跡のような変化の説明であった。

この例でもわかるように、患者さんには何か打ちこむものがないと、心身の健康を保って行くことがむつかしい。これは一般の人についても同じであろう。

園内には、安い賃金をもらってする作業の仕組みがいろいろあるが、それとはべつに、自分から、何も報酬《ほうしゅう》をもらわずに、仕事を買って出る人もある。たとえば長年精薄児の親代わりになった人。海岸ぞいの道を一年じゅう、毎朝欠かさず清掃する人。「恵みの鐘」を毎朝六時きっかりにつく人。こういう人たちは、十年一日のごとく、黙々と、自らに課した役割を果している。この人たちの目立たぬ存在を眺めていると、そこには無言の使命感のようなものが働いているのではないか、と思われてならない。ともかく、こういう人たちは、ノイローゼには決してならないので、精神科の診察室でお目にかかることもない。

精神科の臨床例

精神科の臨床でよく出会うのは、ノイローゼやうつ病の患者さんの生きがい喪失《そうしつ》の訴えである。

「私は何のために生きているのかわかりません」

「私はもう生きるに値しない人間です」

「生きていても意味がありません」

このような苦悩が深くなると、ほとんど必ず自殺を思い、また自殺を実行してしまうこともある。おそらく人間以外の生物で、このようなことを苦にする存在はないであろう。これこそまさに、人間特有の、もっとも人間らしい悩みだと思われる。

さらに、いつも私の興味をそそってやまないのは、精神病者に、じつにしばしば、使命感があらわれる、という事実である。たとえば、ある青年は、故郷で農業にいそしんでいるとき、以前一度かかってなおっていたらいが再発した。今度はもうなおらない、と絶望に陥り、自殺を決意し、最後のわかれの思いをこめて、眠る妻子の顔を眺めていた。その時、ふと声がきこえてきて、お前には日本を救う使命がある、と言われた。その使命のためにすべての苦しみに耐え、私がお前に告げる教えを人々に伝えよ、とその声は言った。それ以来、この人はひそかに愛生園にはいり、そこで死ぬまでの数年間、「変っているが人格者」として奉仕的な生活を送った。毎晩、声がきこえてきて、それをそのまま筆記すると和歌の形になり、その内容は愛や平和を説く宗教的な教えであった。死の数日前に、彼に会ったが、彼は近い死を自覚しながらも、おごそかな調子で自らの使命を語ってやまなかった。

このような使命感は、らい以外の一般の精神分裂病者には少しもめずらしくなく、ごく最近も、ひとりの東大生が、一九七〇年に世界が滅亡するとの確信を持つに至り、その予言をして人類を救うために自らの生命をささげる使命がある、と主張する例に出会った。

使命感の役割

精神病者の心の世界は、ふつうの人のそれとひどくちがってみえるが、この二つの間に断絶はないのだ、という考えかたが、ちかごろの精神医学では優勢になってきている。精神病者の心の世界は、ふつうの人の心の世界を、ただつきつめた形であらわしているのにすぎないのだから、前者をよく研究することによって、ふつうの人の心のことも、いっそうはっきりしてくるのだ。また、ふつうの人の心で、精神病者の心を、かなりの程度まで理解できるはずだ、という考えかたが、ひろがってきている。

それでは、右の二例をどのように考えたらよいのであろうか。愛生園の患者さんの場合は、らいが再発して、このまま自宅におれば、自分はただ家族の負担と恥になるばかりだ、と考えたのであろう。自分は存在する価値はない、と自殺を思い立ったとき、彼の心が、無意識の中から、新しい使命感をあみ出したのであったといえよう。真理の伝達者としての使命。他人への奉仕者としての使命。これによって彼はらい再発による苦悩をのりこえ、彼の生は再び確固とした目的意識の上に立ち直ったのであった。

右の例は、分裂病的な反応であるとみるのが正しいのであろうが、東大生の場合は明らかに分裂病と思われ、そのために学力低下がおこり、勉強が思うようにできなくなった。それとともに生きている目標がわからなくなり、いろいろの迷いの中から、やはり無意識的に、ある使命感にすがりついた、とみることができる。

このように、人間がいわゆる極限状況に陥って、生きがいをうしない、もはや生きて行けないと感じるとき、新しい使命感があらわれてきて、その状況をのりこえさせることは、ふつうの人の場合でも、決して少なくないと思う。

このことは、平生から人間の「生きがい感」には使命感がひそんでいるのではないか、ということを思わせる。ただ平生は、それがとくに意識されていないが、生きがいが奪われたとき、はじめて人は自分は何のため、だれのために生きているのか、自分が生きているのは、ただ生きているだけ、またはただ有害無益なことではないか、というような疑問が意識にのぼってくる。この問いに、もっとも積極的、肯定的な答えを与えうるのが使命感であることを思えば、極限状況にある人々の心に、使命感があらわれてくるのは、ごく自然な、自己防衛機制ともいえよう。

使命感の構造と内容

使命感のもつ構造も、精神障害者の使命感を観察すると、きわめてはっきりと浮かび上がってくる。精神病者は大ていの場合、何か超自然的な、自己を越えた存在から使命をさずかったという。この超自然的な存在は、神、仏、天、霊、大自然、などさまざまの名でよばれる。ともかく、そこには、使命をさずける者とさずけられる自分、及び使命の具体的内容、という三つの要素がある。

ふつうの人間の場合は、使命をさずける者が必ずしも超自然的存在とは限らない。他の個人や、他人の集団によって使命をさずけられることもあるし、時には自らえらんで自分にある役割を課すこともある。

使命の内容は、精神病者の場合、ふしぎに宗教的伝道とか、病気の治療とか、その他の社会福祉的なものが多い。何かに役立ちたい、だれかに役立ちたい、という気持が、人間の心にはよほど根づよくあることの現われではなかろうか。精神病者の使命感の内容には、時として反社会的なもの、好戦的なものもみられる。とはいえ、このような時にすら、大ていの場合、「正義のため」とか「国家の利益のため」などという大義名分による合理化を伴うことが少なくない。人間はどこまでも「何かのため」に存在したいものであるらしい。

使命感の危険

反社会的な内容を持つ使命感を持つ場合に、それを実行すれば当然、社会に害毒をもたらす。病人でなくとも、歴史上、使命に生きた人々の中で、その行動が人類にわざわいを及ぼした人は決して少なくない。たとえばフランス革命時代のロベスピエール、第二次世界大戦中のヒットラーなど、あまりにも有名な例である。

いうまでもなく、使命感と善悪の関係は必ずしも単純でない。たとえ善意にもとづいていても、使命感の結果が人に迷惑を及ぼしたり、人を不幸にしたりさえすることは、しばしば目撃されるところである。やっかいなことに使命感の持ち主は、大てい、自己の使命感を善と確信してやまないのである。

それは使命感がいわゆる過価観念になりやすいためであろう。そのため、うっかりすると精神的な視野の狭窄《きようさく》や精神的な盲目さえもたらし、ほかのことや、ほかのものの見かたなど、いっさい考えられなくなるおそれがある。それはまた、執着心にも通じる。

つまり客観性を、ともすれば失いやすくなるのが使命感の特徴であろう。自分の存在意義を確信し、使命感にあふれる、ということは、思いあがりとひとりよがりの危険を伴う。これは精神病者をみていて、いつも考えさせられるところである。

けっきょく、使命感に生きる人の注意すべきことは、つねに謙虚《けんきょ》な反省を忘れないこと。自分と自分の使命感と使命の内容とを、いつも少し遠くへつきはなして眺めてみるゆとりとユーモアのセンスをもつこと。及びたえずあらたに道を求める祈りの姿勢であろう。

使命感に生きた女性

次に使命感に生きた女性の例をいくつかあげてみたい。昔から有名なのはジャンヌ・ダークである。フランスのいなかの娘が天使の声によって救国の使命をさずけられ、軍隊をひきいて、イギリス軍の手からフランスを解放し、ついには使命に殉《じゅん》じて一命をささげたという。故新渡戸稲造先生はジャンヌ・ダークに傾倒しておられたが、この若いおとめが使命に殉じたという、その「無償性《むしょうせい》」に、先生は何より感動しておられたらしい。

アメリカのドロシア・ディックス（一八〇二―一八八七年）の生涯はあまり知られていないが、精神医学史の上では、唯一の著名な女性である。彼女は四十歳になるまで、病身な一教師であったが、あるとき、ふとしたことから、女囚たちの収容されている監獄に出入りすることになり、その中にまざっている、精神障害者たちのみじめな処遇におどろいた。精神病者たちをもっと人間的に扱うようにすること。これが彼女の抱いた使命感の内容であった。そのために、あらゆる困難と非難に耐えて、ただひとすじにこの目的のために余生をささげた。彼女の努力は全米に及び、さらに英国にまで及んだ。

イギリスのナイチンゲールはあまりにも有名な例である。世界じゅうの看護婦さんを現在に至るまで導いているのは、ナイチンゲールのイメージである。この人の伝記、ことにその前半において、彼女が使命感を持つに至る道程をよむことは、使命感についてじつに多くのことを教える。

さいきん日本でも注目を集めはじめているのは、フランスの女流哲学者シモーヌ・ヴェーユ（一九〇九―一九四三年）である。この人の場合は、哲学者として真理を探求する使命感と、人類の不幸を共にしたいという、愛への使命感とが、二つながら強くあって、互いに相克していたような観がある。彼女は数々の優れた著作を残したが、ただ書斎にこもっていることは、自分の心が許さず、労働者たちの不幸を自ら共にしたいとの願いから、工場へ女工として働きに行ったり、第二次世界大戦中には、ドイツに占領されたフランスの解放のために、なるべく危険な任務につかせてくれ、としきりに願う。そのころ、イギリスにあった「自由フランス政府」の友人にあてた手紙に、彼女は次のようにしるしている。

「地球上にひろがっている不幸は、私にもたえずつきまとい、私をうちのめします。私みずから多くの危険と苦悩にあずからない限り、この悩みから解放されることはないでしょう。……このような性格をもっているのは不幸なことです。……しかし、これはただ性格の問題でなく、使命の問題だと思うのです。」この最後のことばは興味ふかい。

日本の女性にも、使命に生きた人は決して少なくない。さいきん感銘をうけたひとりとして、高群逸枝《たかむれいつえ》氏(1)をあげておこう。彼女の日記「火の国の女の日記」は、あらゆるものを犠牲《ぎせい》にして、ぼう大な女性史を執筆することへの、強い使命感の記録ともいえる。

使命感の特徴

以上の例からみても、使命感というものの特徴がわかる。何よりも目立つのは、使命感に生きる人の生は、ある目標にむかって、強く統一されている、という点である。そういう人は気を散らさず、あることにむかってこつこつと、根気よく歩いて行く。障害や困難が途中にあっても、不安におそわれても、何とか乗りこえていく。

『星の王子さま』の著者サン゠テグジュペリの考えでは、人は小さな自分を何か大きなものにささげることによって、自分の生命をそのものと交換するのだ。ささげればささげるほど、自分は小さく「無」になって行くけれども、自分をささげた対象によって、限りなくゆたかになって行く。サン゠テグジュペリがその遺稿『城砦』の中でくりかえし述べているこの「交換」の思想は深いものをもっている。

ささげる、というと、いかにも気負っているかのようにきこえる。たしかに使命感に生きる人は、みな努力家の一面を持っているが、べつの面では、ただ「そうせずにいられないからやる」という面をそなえている。必ずしも利益や結果を期待してのことでない、「無償性」である。

これは使命感というものが本来、それを抱く人の性格や本性そのものからの発露であるからであろう。どのような立派な使命感でも、他人からの借りものではぴったりせず、無理があり、長つづきがしない。人間はただ背のびしていては、苦しくなるばかりである。したがって、どのようにめざましい形をしていようとも、使命感は、それをもつ人にとっては、ごく自然な、あたりまえなこと、さりげないことであるはず、と思われる。

このことを私は、救らいの父といわれる故光田健輔先生に親しく接して強く感じた。先生の一生は文字通り、自らえらばれた使命にささげつくしたものだったが、先生は肩をいからせて気ばっている、というようなところは少しもなく、苦しい仕事の中にたのしみをみいだしておられるふうがあった。

母性と使命感

さて、女性にとって何よりも本性に添った使命感は、幼い生命をまもり育てるという、母性的なものであるにちがいない。たとえ自分の子どもを生まなかった女性でも、使命感に生きた女性の働きの中には、母性が強く作用しているのをみることが多い。

自分の子どもに対する母性愛というものは元来、きわめて本能的なもので、他の生物と変わるところがないといえるほど、利己主義であり、排他的なものである。それをさらに押しひろげて、よその子どもたち、社会一般の弱者たちにも注がれる母性愛とするには、大きな精神の力がいる。自分で子を持つ、持たぬとにかかわりなく、この広い母性愛を使命感として身につけることは、私ども女性すべてに求められていることではなかろうか。幼い生命、保護を要する生命を守り育てること、この使命はいろいろな形で私たちの前にあらわれてくるであろう。あらわれてきたときに、それをよりよく果せるように、自分をゆたかな土壌として平生から用意しておくこと、これがすべての女性の日々に課せられている心がまえであると思う。そういうひとのところに、おそかれ早かれ使命が、何かの形をとって現われてくる。ハマーショルド(2)が言っているように、「使命のほうがわれわれを探しているのであって、われわれのほうが使命を探しているのではない」(『道しるべ』より)。

（一九六八年　五四歳）

自殺と人間の生きがい――臨床の場における自殺

精神科の医師というものは、いつでも自殺という問題の前に立たされている。これについてなにも系統的な研究をしたわけではないが、過去における経験例などに即して、多少考えるところを記してみる。看護にあたる方々をもふくめて医療者という立場で書いてみたい。

私の医師としてのスタートは、戦時中、東京大学医学部精神科医局で始まった。空襲が烈《はげ》しくなるにつれて、精神障害者の治療にのみ専心することが許されなくなり、空襲の都度《つど》、トラックに満載されて被爆者たちが大学病院に運ばれてくるようになった。この人たちは各科に人数で配分されたから、私たちは彼らの診療に追われた。焼夷弾や火事による火傷をはじめ、水にとびこんで難をのがれたため、一晩中水びたしになって肺炎をおこした人も多かった。そのほか、肺結核、赤痢《せきり》などさまざまの伝染病の人も、無差別に運びこまれて、ひとまず同じ病室に入れられる。収容後、「先生、水を一杯ください」と言ったまま、数分のうちに息をひきとる人もあった。さながら野戦病院のようであった。

食べるものもほとんどなく、たえず生命の危険にさらされていたあの頃を考えると、一見ふしぎに思われることがある。それは、患者さんたちのあいだにノイローゼがほとんどなく、自殺もきわめて少なかったことである。また看護婦さんたちも、年若いのに、故郷や身内の者をはなれて、あぶない東京にふみとどまり、懸命に働いていた。そのいきいきとした、けなげな姿にはげまされたからこそ、私もまた家が爆撃され、家族みなが疎開《そかい》しても、ひとり精神病棟内の一室に住みこんで終戦を迎えたのであった。

社会的な非常事態のときは、自殺が少ないのはなぜであろうか。いろいろな説明がありうるであろう。考えつくことの一つは、こういうとき、人間はただ生きぬくために、あらん限りの力をふりしぼらなければならないから、自分で自分の生きる意味などを問うている余裕がないためではなかろうか。また、看護婦さんたちの場合には、使命感が大きくものを言ったのにちがいない。使命感は自殺防止の最大の力の一つであると信ずる。

昭和三十二年から愛生園へしげしげと行くようになって、ああいうところの患者さんたちの自殺の問題にぶつかるようになった。

まず統計をとってみたら、昭和二十三年から三十二年までの十年間に起こった自殺の数は、一年に一件の割合で全患者人口を一万人とすると、五・八人の割合となる。それ以前の十六年間における割合は一年に二・一件であったから、半分以下に減ったわけである。

このたび、この稿を書くにあたって、昭和三十二年から四十一年までのあいだの自殺をしらべてみたら、この十年間に九件あった。戦後園内患者数が減って来ていることを考えあわせると、患者人口にたいする比率はだいたい同じところであろう。

いずれにしても、戦後の患者自殺率が一般の日本人の場合とそれほどひどい差を示さなくなったのは、戦後になってから、らいの治療が飛躍的に進歩したこと、療養所内の生活が改善され、患者の人権がみとめられ、社会との交流がしだいにさかんになったことによって、患者に生きるよろこびと希望が感ぜられるようになったためにちがいない。

最近十年間に自殺した患者さんで、生前よく知っていた人は一例しかない。それは三十代の男性で、てんかんを持ち、宗教心の深い、好学心の強い人であった。患者への伝道は患者の手で、という考えから、数年前に愛生園に聖書学舎というものが創設されたが、その患者さんはこの学舎の第一期生として勉強を志した。ところが不幸にも、らいのほうが悪化して病室に臥《ふ》す身となった。病室に学舎の級友たちが訪ねて来て、いろいろ新しい勉強の話などをすると、彼は落伍者《らくごしゃ》としての悲哀におそわれ、生きる意味を見うしなったらしい。私はその死の数日前に彼と語り合い、希望を失わぬように、できる限りのことを話したつもりであったが、その数日後に窓から身を投げて死んでしまった。これは私の大きな負い目となった。いつまでも心に傷跡を残している。

自殺の心理は、死んでしまった人からはきけない。むしろ未遂者のほうがこの点で教えてくれるところが多い。愛生園での未遂例で印象に深く残っているのは、或《あ》るうつ病の患者さんである。うつ病に必発ともいえる絶望と罪悪感の時期がくると、いつでも死にたいと言っていたが、ある晩、とうとうシーツをこまかく切りさいて結びあわせ、長い紐《ひも》をつくって窓の金具にかけ、縊死《いし》を試みてしまった。さいわい、床への距離が短かすぎたため、死に切れず、看護婦さんに助けられた。

この人はせん細な神経の持主で、身体はまったく不自由であったが、文学的才能があり、すぐれた俳句をつくって中央の句誌に投稿し、それがしばしば誌上に掲載された。それは彼にどれほどのよろこびと自尊心を与えたか知れない。

彼の病床を訪れるたびごとに彼の新作を読ませてもらい、写しとらせてもらうのを、私はたのしみにしていた。彼も見せるのをたのしみにしていたらしい。自分はこうして人様のお世話にばかりなっていて、生きている値打ちは全然ありません、と口ぐせのように言っていたが、それにもかかわらず、病窓から季節の移り変りを眺め、音や色や匂いを敏感に感じとり、それを句の形に表現するのに最大の生きがいを感じていたと思える。自殺未遂のあと、薬の作用も手伝ってまもなく精神的にすっかり立ち直った。「おさわがせしてすみません。でも私は生きていてよかったと思います」と言い、また句作に精進するようになった。数年後に死亡したが、それは身体的疾患《しっかん》のための自然死である。

大原健士郎(1)氏の多くの未遂例の研究によれば、たいていの未遂者は「死なないでよかった」と言い、自殺企図を契機として新しい生きかたを採用するという。しかも多くの場合、外的条件が変ったのではなくて、企図者の心の持ちかたが変ったためであるという。

精神障害、ことに内因性精神病の場合の自殺には多少特異な点があるが、一般的に言って、自殺しようとする人は、自分にはもう生きている意味がないときめこんでいるのであろう。このように、自分の生きている意味などというものを意識的にせよ、無意識的にせよ、考えてみることができるのは、戦時下のような非常時より、むしろ考えるゆとりのある時代や境遇においてなのであると思われる。動物に自殺という現象が見られないらしいのは、動物がただ本能的に生きているからであろう。自殺とは考える能力を持ち、悩む能力を持つ人間に特有な現象であるといえよう。

つまり人間は、動物のように、ただ食べてねて生きている、というのは耐えられない。

平和な時代においてあまりの貧窮《ひんきゅう》に追いつめられて自殺する人はただ食べるため、生きるためだけの苦労をしている生活に耐えられなくなるのではなかろうか。長年病床に臥す人が自殺を考えるのも、自分の病の不治を信じ、現在の生活を無意味に感じるからなのであろう。

こうみてくると、自殺をただいけないこととして、簡単に片づけ去ることはできない。むしろ、生きている以上は、人間らしく生きたい、つまり人間として自分の生活になにかの意味や内容を感じて生きたい、という生への積極的意欲と願望のうらがえされたものとして、自殺というものを見るべきなのではないか、と考えられてくる。したがって臨床の場にある者は、ただ患者の病気だけに目を奪われず、こういう人間性の根本的事実をつねに念頭において、患者という人間存在に接しなければならない。

それに、いつも思うことだが、患者と医療者は、同じ人間どうしとして、たがいに生きがいを与えあう間柄ではなかろうか。こちらの努力や苦心が実ってのことなのか、それとも自然治癒能力によってなのかは、はっきりしない場合もあるにせよ、ともかく、患者と苦しみをともにしたあと、患者が治ってゆく姿をみることができた場合、それは私たちの最大の生きがいといえる。また完全治癒が望めない場合でも、患者のほほえみ一つが、私たちにどんなによろこびと励ましを与えてくれることであろう。愛生園の盲人の中には、いつも心からのほほえみを浮べている人がいて、その人の顔をみるたびごとに、彼となにもことばを交さないでも、私は彼に生きがいを与えられている、とはっきりと感じる。同様に、困難なことではあるが、私たちのほほえみ一つ、動作一つ、ことば一つが患者に生きる支えを伝えるようなものであったら、と念じる。

というのは、一見、ささいに見えるこのような心のコミュニケイションによっても、人間は支えられるからである。たとえ自殺を思っていても、それによって、しばらくのあいだ、踏みとどまることもありうるからである。そしてまさに、この「踏みとどまる」ことが、自殺志願者にはなによりもむつかしい、しかももっともたいせつなことなのだ。踏みとどまっているだけでも時間は経つ。そして時間のふしぎな力は、癒《いや》しと変化を人間の心の世界にもたらす。自殺念慮に追いつめられて、心の視野が極端に狭くなっていた者の世界も、時間の推移とともにひらけて来て、外界をも内界をも、ちがった角度と範囲から見ることができるようになる。それは周囲からの説教や励ましのようなものによるよりも人間すべてに備わっている根本的な生命力の作用なのであろう。

その力が自然に展開されうるように、周囲の者は患者の人間全体を見まもり、できれば彼の持つ能力や可能性をひき出し、彼なりにその病床生活を充実させうるように持ってゆきたいものだ。たとえば、或る青年患者は自暴自棄に陥っていたが、ふとしたことからラジオの語学講座に興味をおぼえ、毎日少しずつでも新しく学ぶことに自己の生命の充実を感じるようになった。慢性患者にたいするさまざまの作業療法の重要性もここにあると思う。

私たちの精神病棟にいる聾唖《ろうあ》の精薄児——といっても、もう立派な青年だが——は、前から絵を描くたのしみを持っていたが、この頃は同じ病棟内の盲人患者のために溲瓶《しびん》を運ぶ仕事をおぼえ、盲人が尿意を訴えるたびに、ふしぎにそれを感じとって、嬉々として尿器を持って行く。自分がなにかのため、だれかのために役に立っている、という意識は、このような人にも大きな生きがいなのだろう、と思わずにはいられない光景である。

この「役に立つ」ということはどういうことなのか、これもよく考えてみなくてはならない。

慢性病の患者はたいてい、自分は穀《ごく》つぶしにすぎないとか、人の世話にばかりなって生きているのは意味がないとかいって、生きる意欲をうしなう。しかし経済的・身体的自立のみが人間の存在意義のすべてなのかどうか、これは、なるべく視野を広くして、よく考えてみなくてはならない重大問題である。右記のような患者の悩みをともにし、ともに考えうるためには、医療者側に、単なる医療技術以上の、人間としての修練と思索とが、たえず要請されているのではなかろうか。

（一九六七年　五三歳）

いのちのよろこび

ありがとう　わたしの目よ
すでに老いたる額の下でなおも澄んだまま
はるかにきらめく光を眺めうるを。
ありがとう　わたしのからだよ　疾風《はやて》やそよかぜにふれて
なおきりりとしまり　おののきうるを。

ベルギーの象徴派詩人エミール・ヴェルハーレン（一八五五―一九一六）は「よろこび」と題する詩のなかで、こんなふうに自分の目に、手に、指に、からだに、つぎつぎと感謝のことばをのべている。人のからだにそなわっている生命の働きによって、自然の美にひたりうるしあわせを、このように素朴に歌いあげた詩を、わたくしはほかに知らない。

もしかするとこの詩人は「すでに老いた」からこそ、こんなにも切実にこのよろこびを感じているのかも知れない。人は何かを失うか、または失いかけているときにこそ、そのものの尊さを、なおさら身にしみて知るもののようだ。

視力を失った人たちは、花のかおりや空気のにおいで、季節のうつりかわりをとらえ、その味わいをめでて、詩や歌によむ。また他人の声音《こわね》だけにたよって、相手の心のようすをおどろくほど敏感に感じとり、そこであたたかいものにふれれば、ぱっと顔が明るくなる。人の話すことや点字やテープを通して、新しいこと、めずらしいこと、興味ぶかいことを知り、学びとることに、どんなに幸福な表情を示すことか。目で見るという機能のありがたさを、だれよりも痛切に知っているのは、この人たちにちがいない。

人間の生命の働きそのものからわきあがるよろこびは、金や物や勲章《くんしょう》などによって与えられるものとは、くらべものにならないほど強く、長続きするものだ。その源泉は幼い子どもにも、精薄の人のうちにも、すでにまぎれもなく宿っている。彼らの笑いや驚き、歌や絵が生命の躍動にみちているのをみても、それはうたがえない。この泉をにごりなく保つことさえできれば、苦しみの多い人生も、どれほど明るくなることであろう。

文明の進歩は、いいものをたくさんもたらしてくれはしたが、うっかりすると、だれにも与えられているはずの、大切な生命の働きを弱め、そこからくるよろこびを奪い去るおそれがある。自動車は自分の足で歩くたのしさを忘れさせ、スモッグはみどりの木々を枯らし、星の光をもかき消してしまう。美しいものに接して心をおどらせる機会は、都会では少なくなった。したがって、さきの詩人が歌ったような、よろこびも与えられない。

そのほか、自分でものを考えるたのしみ、興味のおもむくままに本を読みふけって「われを忘れる」こと、ひとり未知のものを学んでゆこうとするときの苦心と心のはずみ、冒険、発見、創造のスリル……。こうした体験は、規格化された教育制度のレールに乗っていては、なかなか味わえなくなった。

その上、困ったことには、競争を基盤とする産業社会の仕組みは、人びとにひたすら適応と安定だけを追い求めさせ、同じ生命にはぐくまれているもの同士としての、利害を越えたむつみあいを困難なものにしている。
しかし、まさにこうしたものを失いかけている現代であればこそ、わたくしたちはかえって生命の、何ものにもかえがたい値打ちにめざめうるのではなかろうか。文明をつくり出しておきながら、人間のほうがこれに圧倒されてほろびてしまわないためにも、ひとに与えられている内なる富、すなわち心身の働きを正しく育て、強めてゆく工夫をしたいものである。

（一九六八年　五四歳）

与える人と与えられる人と

社会福祉ということについて私はまったく素人《しろうと》にすぎないが、いくらかでもこの分野に近づいたことがあるとすれば、むかし尼崎市社会保障審議会の委員をつとめたこと、昨年の春まで約十五年間国立療養所長島愛生園に精神科医として籍をおいていたあいだに見聞したことなどであろうか。

園にはよく婦人会その他の団体の慰問があった。大ていの場合、かなりの寄付金を患者さんのために置いて行かれるが、患者さんのほうは「まるで動物園の動物のように、ぞろぞろ来てじろじろ見物されるのはかなわない」とぼやき、看護婦さんたちは「寄付したからといって大きな顔をされるのはたまらない。ここは国立の施設で患者さんもお金に困っているわけではないのに」とかげでつぶやいていた。寄付金は患者自治会にまわされ、そこで全患者にあたま割りで配分されることが多い。すると何しろ大ぜいの患者だから、せいぜいおやつ代ぐらいになってしまう。

ある高貴な方が島を訪れられたときは、道を舗装《ほそう》するやら、古い建物を修理するやら、大さわぎであった。しかし、精神病棟の患者は当日絶対に建物の外に出してはならないぞと警官からきつく命令された。そのため、まったくおとなしい患者さんたちまで病棟にとじこめられ、毎日の運動さえすることができなかった。その高貴な方が精神病棟のそばを通られるさい、建物の前に立っていた病棟婦長にとくべつ思いやりのあることばをかけて下さったことがせめてもの救いであった。

島をばらの花でいっぱいにしたいというやさしい願いから多大の努力を払って下さった外部の方があった。その努力は実をむすび、たくさんのばらの苗が届けられた。ところが園はすでに患者さんたちの丹精によるとりどりの花であふれているので、大部分のばらの苗は丘の上にある建物の前にまとめて植えられた。あまり訪れる人もないこのばら園に、いつかふと行ってみて人知れずらんまんと咲くばらの豪華さにおどろいたことがある。しかし、患者さんの多くがこのばら園の存在さえ知らず、知っていてもこの丘の上まで見に行く体力もない人や、見る視力もない人が大ぜいいる。

英国の大きな精神病院を訪れたとき、「ヴォランティアの人びとに病院内をうろうろされると仕事の邪魔になるので、できるだけおことわりしています」と婦長さんにきかされ、ちょっとしたショックをうけたことがある。愛生園でも、職員たちが同じような気持を抱いているのに時どき接することがあった。私はかねがねヴォランティア運動に敬意を抱いているけれども、ヴォランティアがどういうふうに活動したらよいか、ということはたいへんむつかしい課題で、苦心を要するところである。

それならば職業的意識で園に来ている人に問題がないかといえば、必ずしもそうではないことにもたびたび気づかせられた。たとえば数年前から園にたくさん建てられた「不自由者センター」に導入された多数の「生活補導員」の問題がある。しばらく彼女たちの指導をさせられてみて困難な点を感じた。ほとんどみな地元の主婦で何の専門的知識も経験もなく、公務員としての扱いをうけながら、なかなかプロとしての正しい責任感や協調性を身につけることができないのであった。

尼崎市の老人調査をしたことがあるが、身よりもなく、ひとりぼっちで商店の二階などの暗い小さな部屋に住む生活保護の老人などからみると、少なくとも物質的な面では園の患者さんは恵まれている。衣食住も医療費も完全に国庫負担である。そのうえ各自一ヵ月一万円の小づかいを支給される。こういう枠の中で医師として働くのは、ある意味でらくなことであり、ある意味では矛盾に苦しめられることでもあった。らく、というのは精神科のしごとの場合、患者の家族というものが介在しないためすべてが簡単に運び経済面で患者さんのことを心配しないで済むことであった。病気が治ってからも世間ていをはばかる身内の者がいないので、理解ある一般の患者さんを探して、その人の舎に復帰させてもらうことができた。また再発のきざしのあるときにはいち早く報告してもらうことも同じ舎の人にたのむことができた。

しかし、一般的にこうした状況での医療にはやりにくいところがある。「どうせ無料なのだから、ろくな治療も薬ものぞめないのだろう」ときめこんでいる患者さんが少なくない。一般社会で使えば金のかかる抗生物質や向精神薬でも、決して正当に評価されることはなく、医師の指示通り服薬もせずに放っておかれることも珍らしくない。患者さんの住む舎に往診したとき、ひき出しいっぱい高価な薬がたまっているのを発見しておどろいたことがある。メディカル・ケースワーカーの必要を切実に感じたが、療養所にその席はない。

与える人と与えられる人と。この両者を正しくかみあわせることほどむつかしいことはない。与える側の問題は何よりも自分の善意とその有効性に陶酔《とうすい》しないように気をつけることであろう。与えられる側の事情や心理をよく研究し、だれにどんな与えかたをすべきかを工夫しなくてはならない。愛生園に限っていうならば大ぜいの患者さんたちの中で、とくに陽のあたらない人たちのために外部からの善意がほしい。たとえば全国らい療養所で唯一の高校が長島にあるが、日本では年少患者の発生が激減したため、年々学生の数が減り、今では沖縄出身の学生が少数在校しているにすぎない。少数であるためもあって故郷を遠くはなれた彼らの境遇は淋しく、一般患者からもかなり放置されている。全寮制であるが、その寮には舎監もなく窓ガラスは破れたまま、という状態がつづいたりする。高校の図書の予算はわずかで、図書室の内容はいかにも貧しい。この少数の若者たちのために親身に心を砕いている一人か二人の先生があるが、そういう先生を支える社会の力がほしい。

一般的にいえば、患者さんたちへの社会からの善意は必ずしも少なくないのだが、島ではたらく若い看護婦さんたちや付属准看護学院の生徒たちへの福祉施設は皆無にひとしい。奄美大島や鹿児島など僻地《へきち》の貧家から来ている中学卒の少女たちの生活は、きびしい規律と義務で統制されているが、せめて彼女たちのわずかな余暇をたのしくするためにスポーツや音楽や書籍などの設備や用具が欲しい。島の生活としごとに定着させるためだけでなく彼女たちの人間形成のために必要と思う。

以上とりとめもなく書いたが、要するに社会福祉的な行為をしようとする場合には与える側の自己満足に終らないよう、よほどの注意と覚悟が必要であるということに尽きる。与えられる側の感謝を期待するのもまと外れなことが少なくない。それはおそらく、与えられるという立場が人間としてかなり屈辱《くつじょく》的なものでもありうるためかも知れない。人間はだれしも自分で大地に足をふまえ、堂々と自分で歩きたいものなのだ。そうした相手の自尊心を大切にし、それぞれの持つ自立の能力をできるだけひきのばすようなやり方で、側面からひかえ目に援助することができるならばそれが理想であると思う。

そもそも他人を真の意味で援《たす》けるなど、人間にできることかどうか、はなはだあやしいのだが、もし何かのめぐりあわせで自分の存在が他の人に何かの力になりうるような事態になれば、それこそまったく「縁」ともいうべきもので、それは人生で最も感謝すべきことと思える。それはおそらく自分の善意や能力によるというよりは人間を超えたふしぎな「出会い」によるものなのであろう。

人間はもともと助け合わなくては生きて行けない存在なのだが、助けを与えるものと与えられるものとの何気ない組合わせはなかなかえがたいものだ。与える側の謙虚な反省能力と思いやりと与えられる側の素直な受容がうまくかみあえば、与える者も与えられる者となり、与えられる者も与える者となる。社会福祉の窮極《きゅうきょく》の目標はそこにあるのではなかろうか。


（一九七三年　五九歳）

医師が患者になるとき

一九七三年の秋および一九七四年の秋に約一ヵ月半ずつ入院生活を送ってみて、いろいろなことを考えさせられた。病気は心臓血管系のものだったので、私の専攻する精神医学関係の事柄とはやや離れた経験が多かったが、重複するところもかなりあった。それに広い意味では医師対患者、看護婦対患者の問題は精神医学に属するものと言ってもよいのであろう。なるべく患者らしくおとなしくしていようと心がけながらも、私の心の眼は毎日あらゆるものに対して深甚《しんじん》の興味をもって注がれていた。患者としての自分。医師を患者に持つ医師の立場のむつかしさ。そして看護婦さんという存在が患者にとってどういう意味を持つか、ということ。——こうしたことを常に考え続けさせられた。その一端をここに記してみよう。

患者としての医師

患者としての医師はかなりやっかいな存在だろうと思う。第一に自分にとってやっかいである。というのは、なまじっか少し医学知識があるばかりに、いろいろな処置や仕組みに対して心ひそかに批判的であったり、またひとり先まわりや、からまわりをして、よけいなことを心配したりするからである。第二には医師にとってやっかいな存在である。いろいろ薬のことや処置のことについてせんさくされるのは、迷惑にちがいない。第三に、看護婦さんにとってもこれは同じことであろう。

以上のことが初めから頭にあったから、できる限り自分が医師であるという意識を捨てようと私は努めた。でも医師たちは、日本のふしぎな慣習に従って、私を「先生」と呼んだ。これには当惑したが、看護婦さんたちが全部「さん」づけで呼んでくださったのには救われる思いがした。たとえ医師でも、病んでいる時は単なる病める人間——患者でしかないのだから、他の患者と同じように扱ってもらうほうが気が楽なのを発見した。

とはいえ、私が二度も入院した病院では、受け持ち医が患者たる医師になんでもざっくばらんに医学的なことを説明してくださるので、わざわざせんさくしなくても信頼感が持てた。大学病院を意識的に避けて、この財団法人による総合病院に、医師たちが好んで入院しているのは、ここの医師たちのこういう態度によるところが多いのだろう。また、後で述べるように、看護婦さんや事務系統の人びとがつくっている開放的であたたかいふんい気によるところがもちろん大きいと思われる。

自分がベッドに横たわる身になってみると、医師は何よりもまず、過去における医師としての自分を反省させられる。また病院というものの在り方についても管理的な面からでなく、患者の立場から考えさせられる。しかし、本稿ではなるべく話を看護の方にしぼっていこう。

看護婦と患者

患者となってみて、あらためて看護婦というものについて考えさせられたことを述べてみよう。

看護婦の人数と患者

同じ病院に一年おいて入院してみて、まず感じたのは前年よりもケアの手が細かく行き届いている、ということだった。聞いてみると、付属高等看護学院の卒業生の定着率がよくなっているという。今どき珍しいことではなかろうか。そのわけをまず考えてみた。

一つは病院の地理的環境がよく、閑静な山の中腹にありながら、都会への交通の便がいいこと。二つには院内に医師・技術者・事務関係の人びとなどが十分そろっていて、人間関係がよく、看護婦さんたちも尊重されて、のびのびと働けるふんい気があること。三つには病院側が率先して医療改善の努力をし、患者の言い分も考慮に入れていく姿勢を持っていること、などが考えられる。このどれも正反対のところで働いてきた私にとっては、すべてが驚きであった。

この病院が積極的な姿勢で患者のためによい病院をつくりあげようとしていることは、各病棟の患者用のロビーに投書箱が置かれ、患者が無記名でなんでも意見や希望を書いた紙を投入できるようになっていることからもうかがわれた。長い伝統を持つ病院なのに、伝統の上にあぐらをかいてしまわないところに感心した。また医療スタッフの平均年齢が若く、副院長や総婦長なども元気溌《はつ》らつとしたかたたちであるのが私には珍しく、頼もしく感じられた。

以上のような要素がそろっているからこそ、この病院が患者にとっても、看護婦さんにとっても魅力あるものとなっているのだろう。それは医師たちにとっても同じことで、この病院には優れた医師たちが十分そろっていた。私の過去の職場のことを考えると、ため息が出るようだった。

十分に看護婦の人数があるためであろう。彼女たちは少しもせかせかせず、ほほえみをたたえる心のゆとりがあった。看護婦不足が医療における悪循環を生むとすれば、これは善い循環ともいうべきものなのだろう。散歩の時に見る看護学院は、それほど立派な建物ではなかったけれども、そこで行われている教育も、よいのにちがいない。患者の身では見学するわけにもいかず、あれこれ想像してみるだけだった。

看護婦の生活と患者

現在の医学教育ではどうなっているのか知らないが、私が医学生のころは、看護ということについて、何も学ぶことなく卒業してしまった。しかも、卒業して大学病院づとめをするようになると、すぐ母校の看護婦養成所のようなところで教えさせられたし、その後、国立療養所では約十五年ぐらい看護学院で教えた。考えると顔が赤くなってくる。看護婦さんたちの世界、その生活について、医師は、少なくとも私は、あまりにも観念的にしか知らなさすぎるのではなかろうか。これが患者になってみての反省の一つであった。

もちろん、私も当直医として夜勤の看護婦さんと行動をともにしたことがあるから、三交代制その他の制度を知らないわけではない。ただ、そういう諸制度が看護婦、ひいては患者にどういう影響を及ぼすかについてあまり深く考えたことはなかった、と言わなければならない。

夜勤の看護婦さんが二時間ごとに各病床を回ってくる足音を聞いていると、「ごくろうさま」と心から言いたくなった。重い病に臥す者にとって、それがどんなに心強いものであるか、を身をもって知った。ことに酸素テントの中で機械の音にひとりさらされている時、このことを痛感した。

時どき研修のために出張する看護婦さんがある。それを終えて帰ってくると、彼女が新鮮な気分になっているのがよく感じられた。研修制度は、そこで勉強することがらの内容もさることながら、おそらくそれ以上の意味を持っているのだろう。医師たちの学会よりも、看護婦さんの研修会の方が、一層大きな意味を担っているのではなかろうか。

申し送り、という仕組みも患者にとって極めて重大なものであることを知った。患者になると人間は子どもじみるから、自分にとって大切な事柄が適当に申し送られていないと、ひどく心細くなるものだ。

看護婦と患者の人間関係

看護婦も患者もそれぞれ様々の個性を持ち、様々の生活史を持っているから、簡単にいうのは避けなければならない。しかし、患者を大きく分けるならば、重い、致命的な病をわずらっている患者と、軽い、予後のいい病を持つ患者とでは、患者自身の心の状態が違う。当然このことだけでも看護婦と患者の関係は違ってくるだろう。病気が悪い時、患者は苦しがり、無力のどん底にある。呼吸もよくできず、口もきく気がしないような患者もある。こういう時には、患者はいやおうなしに謙虚であるか、少なくともそう見えるだろう。こういう患者に対しては、看護婦さんもおのずから注意深くなり、やさしくなるだろう。ところが、人間とはいい気なもので、病気がよくなってくると、いろいろな、わがままを言ったり、それまで心強く感じられていた看護婦さんの注意が、かえってわずらわしくなったりする。監視の目のもとに置かれているのはいやだ、という心理は回復期にある患者に多かれ少なかれある。たとえ事実は監視でなくとも、そういうふうに患者が感じてしまうのは、そもそも人間はみなプライバシーと自由が欲しい存在であるからなのだろう。

こういう「かってな存在」をみとる人の心は、まさに柔軟体操を強いられるようなもので、患者の状態いかんによって、自分を絶えず調節しなければならないことになる。

もう一つの分けかたは患者の年齢によるものだろう。小児科の病棟へ行ってみると、大人の病人たちのいるところとは全く違ったふんい気がすぐさま感じられる。病む子どもというものは、だれの心にもやさしい気持ちを引き起こす。おそらくここでの看護婦さんの問題は、子どもに付き添う母親たちとの関係をよいものに保っていくことだろう。大人たち、しかも看護婦さんたちより年上の患者が多い内科病棟では、また別のむつかしさがあるにちがいない。自分よりも人生経験の多い人たちが、病気のゆえに子どもじみた無力な状態にある、ということそれ自体が矛盾にみちた状況といえる。これをどうさばくか。

これが若い看護婦さんたちにとって大きな困難と感じられることは当然だと思う。この事態のさばきかたの一つは、なるべく職業意識に身をよろい、必要最低限の行動や言葉で切り抜けることだろう。たとえば医師が患者になっているときなどは、案外これがさっぱりしていいのかもしれない。しかし、これもあまりに固定的・機械的では困るので、たとえ医師たりとも、ひとり病んでみれば、なんらかの人間的な触れ合いを望むことがあろう。ここでもまた看護婦さんには患者の欲求に対する弾力的な応じ方が求められる。

私のような患者は看護婦さんにとってやりにくい存在だったろうと思うが、私としては一応危機を脱してからは、看護婦さんが職業上の必要以外のところで示してくれる自然な人間らしさが何よりもほほえましく、楽しかった。次にいくつかの思い出をたぐり出してみよう。

ある若い看護婦さんが私の部屋へ来て何かの用事をしながら、突然「ああ、私、今、おじいちゃんのところへ行きたいわ！」と叫んだ。わけを聞くと、彼女の祖父は今ガンの末期にあるので、その看護をしたい、というのであった。これは私が彼女の祖母になれるぐらいの年齢の患者で、しかも医師で、その上病気がもうよくなってきている、という事態からみれば、当然許される「患者への甘え」だったろう。個人的な事情を抱えながら、職業の厳しい要請にこたえている看護の人たちの健気《けなげ》な姿に思いいるのみであった。

またある時は、別の看護婦さんが息をはずませて入って来て、「今日、外人が入院したんですよ。私、うれしいわ、英語の勉強ができて！」という。確かに英語を話す外人かどうか、それでは病棟のロビーでもし出会ったら、それとなく話してみましょう、と私は約束した。幸い、その人はオーストラリア人であったので、看護婦さんはうれしかったらしい。

病気がよくなってきて、そろそろ単調な生活に退屈し始めている患者は多い。また大した苦痛もないのに、結核や腎炎や肝臓障害で長い入院生活をしている人も少なくない。こういう人たちが看護婦さんよりも年配者であったとしても、それはそれでよい。若い、潑らつとした看護婦さんの生命の躍動は、それ自体、患者の生命を励ます力を持っている。だから職業上のルールは守りながら、時どき、それをはみ出すような言動がある方が、患者の生活は楽しくなる。ただし、そこには当然注意すべき、いくつかの限度があるだろう。次に思い浮かぶまま記してみる。

医師は患者をモルモット扱いする、とよく大学病院などで非難されるが、看護婦さんも時どき、研究発表のためのアンケートなどすることがある。私は、まだ呼吸がすぐ苦しくなる状態の時、長いアンケートに直接口で答えさせられて大そう疲れた経験がある。そのときアンケートをしに来た看護婦さんは、よその病院から来た、と言っていたが、いずれにせよ状態の悪い時、研究対象とされるのは患者にとって困ることだ。もし研究するなら、状態がよくなってきている患者を選ぶべきだろう。

看護婦さんが健康と若さを自然に発揮しているのをみるのは患者にとって確かに心強く、楽しいことだが、そこにもし優越感のようなものが忍び込むと、患者の心は傷つけられるかもしれない。私自身は幸い、そういう経験は味わわなかったが、過去の臨床経験の中で、時どき自分をも含めて、そういう反省をしたことがある。弱者に対する強者の優越感というものは医療の場では極めて起こりやすいことで、しかも強者自身は案外気づいていないことが多いのではなかろうか。医療者も一度病人という弱者になってみるのが一ばん手っ取り早く、このことに気づく道かもしれないが、みんなにこの道をとられても困る。だから唯一の可能な道は「自分もまた病みうる者だ」「自分もまた死にうる者だ」ということを、絶えず念頭においておくことだろう。

もうひとつ医療者が知らず知らず持ちやすい思いあがりの心は、「患者の心は何もかもよくわかっている」と思い込んでしまうことだろう。たった一人の患者の心でも、ほんとうに知るのはなんとむつかしいことか、このことは自分が患者になってみてはじめて分る。ピント外れの言葉では、患者を当惑させ、時には傷つけるだろう。思いやり、ということも、まず虚心坦懐、つまり先入感を持たずに患者の心を知ろうとする姿勢から生れる必要がある。それには多少時間もかかるだろう。患者が折にふれて示す言動や表情に対する敏感なアンテナのようなものが医療者に備わっていたらよい、と思われる。

患者にとって看護婦とは何か

以上、とりとめもなく述べてきたが、全体を通じて考えてきたのは、患者にとって看護婦がどんなに重要な意味を持つ存在であるか、ということであった。その重要さの内容を検討してみよう。

看護婦は毎日の患者の気分に大きい影響を及ぼす

その影響力は医師よりもはるかに大きい。朝、看護婦さんが病室に入って来る時、晴れやかなほほえみをたたえていると、患者のその日一日が晴れやかなものになる、とさえいえるくらいである。

「ご気分いかがですか」

「はい、おかげさまでたいへんよくなりました」

こんな平凡なやりとりの中にも多くの意味が発見される。患者が「おかげさまで」と言う時、決して単なる社会的、儀礼的な言葉として言っているのではないだろう。看護婦さんの晴れやかなほほえみにさそわれて気分がよくなり、それで「おかげさまで」という言葉が自然に出て来る場合も多いはずだと思う。人間の相互作用とはふしぎなもので、こういう場合、看護婦さんもまた一日の勤めへの励ましを感じるかもしれない。

もちろん看護婦さんも生き身の人間だから、つらいことのある時、晴れやかな顔をしているのはむつかしいだろう。つらいことはだれの身の上にも起ることだから、人生からこれを取り除くことはできない。つらいことがある時、ほほえむにもほほえめない時、看護婦さんは、そういう状態にある自分を突き放してながめ、せめて患者に対して、そのつらい気持ちのとばっちりをこうむらせることのないように努めるしか、しかたがないだろう。

しかし、看護婦泣かせの患者があることも私は過去において度々経験した。泣きながら辞めていく看護婦さんも見てきた。看護婦さんと患者さんの間に立って骨を折ってみたこともある。だから、ただ一方的に看護婦さんにばかりかかってな注文をつける気にはなれない。患者さんの方の態度が看護婦さんの気分を決定的に悪くしてしまうことは十分ありうるのだ。それを知っての上で、あえて上記のことを言ったまでである。

看護婦さんは患者に毎日生きているという実感を与えてくれる

薬を渡しに来たり、検温しに来たり、決まった時間に現われる看護婦さんの姿は、単調な一日に時間的な刻みをつけてくれるだけでも「生存感」を患者に与えてくれるものだ。薬も、体温計も看護婦さんという人間が持って来てくれるからいいのであって、もしこれがすべて機械によるのだったら、それは人間としての生存感を与えるどころか、患者は自分まで機械に組み込まれてしまった、と感じるだろう。

人間は他の人間の存在を必要とし、ことに「人間の顔」の存在を必要とすることは、乳児を観察してみればよく分る。日によって、時間によって、現われ出る看護婦さんが異なっているのもまた患者の日常に変化を与える意味がある。よく学院の生徒が初めて実習に出る時、いかにも自信のなさそうな顔をして患者の部屋に来ることがある。「もっと自信を持っていいのよ、あなたたちは患者のそばに存在するだけでも意味があるのだから」と私は心の中で時どきつぶやいたものだ。

ベテランの看護婦さんは患者の多くの不安を取り除く力を持っている

このことは私がドック式に、ありとあらゆる、と言いたいほどたくさんの検査を受けていたころ特に強く感じた。私自身は医師のはしくれとして、どんなことをされるかは、だいたい知っていたが、見ていると、たとえば胃のX線撮影とか胃カメラ検査室などで、不安のあまりコチコチに体をこわばらせている男の人や、泣いて検査を拒否する老婆などがいた。しかし、そういうところに配属されている看護婦さんは多く中年の、ものやわらかな態度の人たちで、実に上手に、それぞれの患者さんに話しかけ、手をとって助けることによって不安や拒否的態度をほぐしていた。検査する医師や技術者は、こういうとき、ほとんど機械の付属品みたいに患者からは見えるものだ。それだけに看護婦さんの存在は、非人間的な事態に人間らしさを添える力を持っている。

既に述べたことから明らかだと思うが、要するに生き身の患者にとって、医療が自然科学の方向へのみ暴走してしまうことは決して好ましいことではない。これはただ感情的に言っているのではなく、人間というものが心と体の双方を備えている、という事実から出てくる当然の帰結なのだ。心身症などで明らかなように、人間の心の状態は肉体の状態を大きく左右する。体の病気だからといって、ただ物体のように検査され、測定され、機械的に扱われていては、人間の心は憂うつになったり、ひからびてしまったりする。それが体に悪い影響を与え、病気の治癒を遅くすることは十分ありうることだと思う。

コンピューターが発達すれば、医師はいらなくなるんじゃありませんか、と有名な電気メーカーの社長にいつか大まじめで言われたことがある。私は医師がいらなくなるとは思わないが、それ以上に、看護婦の存在はいつまでも必要とされると思う。

新しい医療設備や機械により、看護婦さんのエネルギー消耗が少なくなることは結構だが、看護婦さんたちまで「機械の付属品」のような存在になってしまっては、人間に対する医療はありえなくなるだろう。新しい設備や装置や器械はよく使いこなす必要があるが、それによって省けるエネルギーは、あくまで看護婦さんの「人間らしさ」を保つために用いて欲しい。看護婦さんこそ医療における人間らしさの最後のとりでである、とさえ私は思う。

（一九七五年　六一歳）

初夢

一九七七年もそろそろ終わりに近づこうとしているころ、珍しい人の愉快な訪問をうけた。まだ三十歳にもならない青年で、何年もの間ヨーロッパへ料理修業に出ていた人である。このたび帰国し、変わったフランス料理を作って「おばさん」に会いに来てくれたのだ。むかしは育ちのいい、むしろひよわな感じのする幼稚園児であったのに、いま目の前に堂々と立つ若者は筋骨たくましく、大胆不敵なつらがまえをしている。ただ、人なつこい笑顔だけは少しも変わっていない。

あれは学園紛争たけなわだったころだと思う。それと直接かかわりを持ったわけではなかったが、当時大学で哲学を専攻していた彼は、時代と環境の一種の閉そく状態の中で、いわゆるアイデンティティ・クライシス*に直面していたのであろう。とつぜん大学を中退し、何のうしろだてもなく渡欧《とおう》し、ホテルのさら洗いからたたき上げてシェフ（料理人頭）の腕を身につけた。その腕だけをたよりにドイツ、フランス、その他諸国のホテルへ行き、いきなり三本の指をふりかざして三日間働かせて見てくれと交渉した。その働きぶりにどこでも見込まれて、そのまま本採用となったという。こうして各国をわたり歩き、いろいろな国柄と人びとに接し、職場では人の上に立つ身となった。彼がどこでも周囲から親しまれ、一目おかれる存在であったことは、以前外遊して様子を見てきた若い人たちから聞き、これこそりっぱな大使だと思ったことがある。

このごろ外国へ行く人は数知れない。観光客、会社員、学生、学者、芸術家、海外医療奉仕者など、それぞれ異なる日本のイメージを外国に伝えていることだろう。この若者の特異な点は、いわば単純労働者として外国社会の底辺に身を置き、ひとり奮闘してその世界で浮上し、特殊技能を身につけたばかりでなく、周囲から尊重される存在となり、さらに庶民から上流に至るまでの外国人の生態をじっくりながめてきたところである。したたかな胆力、ねばりづよさ、生まれつきのユーモアと善意あればこそできたことであろう。痛快な冒険談に大笑いさせられながら、私は大いに考えさせられるところがあった。英国のある作家が、やはり料理人としてホテルで働いていたころの経験をもとにして書いた傑作をずっと前に読んだことがあるが、この青年が身につけてきたものもただ料理の技術だけではないだろう。テレやの彼は一切まじめな話はしなかったが、その沈黙の中に生活の知恵や人間を見る目など多くのものがあふれるばかりに感じられるのであった。

「やっぱり日本がいいなあ。日本の食べものがいいなあ」と彼は言う。

「これから日本で仕事をするの?」と老婆心まるだしのことばを言い始めると、

「ぼくがパトロン(主人)になるんだ」とき然として言う。その気迫に脱帽した。彼は必ず彼の人生のパトロンになるだろう。

精神病理学でよく知られていることばに「貧しい自閉」と「ゆたかな自閉」というのがある。前者は心の内容が空虚なまま自分のからにとじこもって沈黙しているのをいうが、後者は一見そう見えても、じつは心の中でゆたかな想念が祝典をあげている精神状態をいう。ある種の人びとにこういう場合のあることが知られているが、必ずしもすべて精神病者というわけではない。

この青年はむろん自閉などしているわけではないが、まだ帰国してから日も浅く、いわば一種の「社会的沈黙」の中に身をひそめていると言える。多くの個性的なものを秘めた「ゆたかな沈黙」で、時来たらば多彩なものが、そこから流れ出すことだろう。

現在の日本はむつかしいところにさしかかってきた。経済問題で外国からは攻撃され、国内では不況、就職難、物価高、公害、社会福祉の貧困など数えあげればきりのない困ったことがはびこっている。暴走族、革命集団、麻薬中毒などもこの社会情勢と無縁ではなかろう。自殺年齢の低下も家庭と教育のありかたのひずみを思わせる。世界の一員としての日本はいま、一種のアイデンティティ・クライシスに直面しつつあるのではなかろうか。政治や経済や外交のかじをとる人びとの責任はこの上なく重い。

しかし庶民の私たちはいたずらに萎縮《いしゆく》しないで、きびしい時代に生きることを、できるだけ意味あらしめたいものだ。少なくともある範囲内のことならば多くの生物と同様に人間にも悪い環境をくぐりぬける術《すべ》がある。何らかのかたちで戦線を縮小し、余分なものを切り捨て、内なる資源を発掘し発見し、創意ある考えかたや生きかたをつむぎ出し、時期到来を待つことだ。ゆたかさとは物資の豊富さよりも、むしろ裸一貫でも出発できるような、身についた技能や意欲が心にみちみちていることを言うのではなかろうか。このほうが失われにくい富ではないか。その技術も意欲も人によっていろいろな方向をむいていることだろう。社会と文化の厚みをつくる上でそれはぜひとも必要なことだ。ともかく身についたもの、心にあふれるものがあれば、きびしさの体験は個人にも社会にも新しい段階への飛躍のバネとなることが決して少なくない。ヴォルテール[1]の有名な短編（一七五九）の主人公カンディードが言うように、世の中が思わしくない時には「われらの庭をたがやしていなくてはならない。」

各人が育てているものはちがうだろうが、今年も黙々とこつこつ「庭」をたがやしたいものだ。そして許されるものならば時どき作物の出来具合を互いにそっと見せ合って心をあたためあい励まし合って行こう。未来を担う若い人たちにこのことを特に期待したい。あるいは彼らの手で、いわば手づくりで、古くて新しい日本が築かれ、その日本は世界に親しまれ敬されることにさえなるかも知れない。これはかの若者が与えてくれた初夢である。

（一九七八年　六四歳）

＊「アイデンティティ・クライシス」とはアメリカの精神分析者、E・H・エリクソンの造語で「自分は何ものであるか、どの方向をたどるべきか、が分からなくなる危機」（神谷美恵子著『こころの旅』）の意。

育児日記を繰って

この原稿を書くことになって昔の育児日記をひっぱり出して見た。古いノート三冊とW堂発行の昭和二十四年版「赤ちゃん日記」、このうちノート二冊は長男の記録、あとは次男のものである。

粗末な学用ノートをあけると表紙裏にくしゃくしゃになったグラフがはりつけてある。その上を斜に走る黒い線は本邦男子乳児体重曲線、赤いのは長男の体重曲線。出生時の長男の体重は標準を下廻ること一一〇〇g以上、つまりわずか一九〇〇gの八ヵ月児として生まれたのであった。この赤い曲線がはじめのうちは、まるでとまどいでもしているようにおずおずと、しかしやがて決然とぐんぐんと昇って行き、かっきり満五ヵ月のところで黒線に追いついたかと思うと、六ヵ月からは遥かに抜いて、ずっと高いところで黒線と平行にのびている。「万歳!」

あの五ヵ月の時の凱歌《がいか》が、この赤と黒の線の交叉点《こうさてん》から、今もなお湧き上がって来るような気がする。

思えば恥ずかしいことであるが、長男の生まれる間ぎわまで私はいろいろと外部から来る仕事に追われていて、出産の用意はほとんど何も出来ていなかった。おまけに食糧難の時で、妊娠中の空腹感のつらかったことも忘れられない。そんなところへ全く思いがけなく早産してしまったのであるから目もあてられない。何から何まで近所の奥様の親身のお世話にすがってどうにかその場をしのいだものの、果してこの小さなしわだらけの赤ん坊が無事育つものかどうか。「ダイジョウブカ」と案ずる電報が遠く主人の母からも実家からもとびこんで来る。傍には身内も手伝いも誰もいない。ただ初めて親になった主人と私だけ。私はすべてをなげうって、全力をつくして、この月足らずの子の生命を護ろう、と必死の覚悟を固めた。そのためには正常分娩の場合以上の周到な育児法を勉強しなくてはならない。何しろ病院など、ろくに機能していなかった時代だ。

そんな事情から全く必要にせまられて育児上のメモをつけ出したわけで、当時育児日記が出販されていたかどうか、育児日記とはどのようにつけるものか、など何もしらべる暇もなく、いきなりありあわせのノートにごたごたと書きつけて行ったのであった。まず毎日の体重をグラフに記入し、曲線の昇り具合が少しでも停滞《ていたい》しはじめるといろいろと原因を検討し、授乳時間や食餌の内容や分量などを変えて見る。その検討のすじみちも、変更の試案も、実施しての結果も、何もかも書きとめて置く。衣服も質や枚数を変える毎に記し、睡眠、入浴、排便その他あらゆる身心の状況を記録する。また育児上のよい智恵やヒントを人や本から得たり、自分で何かいいことを考えついたような時にはすぐに記しておき、徐々に実際にとりいれて行くように努める。「婦人之友」の幼児生活展覧会の記事や、乳幼児体操の本などにも随分御厄《ずいぶんごやっ》介《かい》になった。

昭和二十二年といえば戦後出生率のピークをなす年であると聞くが、あの年はまた食糧や衣料の事情の最も悪い時期でもあった。母乳不足の私はララのミルクや配給の粉乳で補い、それも不足となってからは毎朝一升瓶を下げて自転車で少し離れたところの農家から山羊乳を貰《もら》って来たりした。また赤ん坊に着せるものは何から何まで古いものを利用して縫ったり編んだりせねばならず、当時の多くの母親たちと同様に、私もたえず追われていたように記憶する。

しかしその乏しい中でも子供は日に日に成長して行く。そのめざましい跡を日記の中で辿って行くのは大きな楽しみであり、励ましであった。折々の長男の姿の下手なスケッチ、詩の出来そこないや純粋に客観的（？）な観察など、いろいろなものが出没する。殊《こと》に妊娠中から読みつづけていたウィリアム・シュテルン[1]の『早期幼児期の心理』の影響が著しい。このぼう大な本にはシュテルン夫妻が自分の子供たちを観察した記録が豊富に引用されているが、私はそれにひどく感激し、発奮したのであった。その結果、この日記にも視覚や聴覚や記憶や言語の発達、他人への反応や行動の変遷などについての心理学的観察がたえず記してあり、一々シュテルンやその他の学者の観察との間の異同を問題にしている。長男の発する音声や片言を万国発音記号で現わそうと試みたり、シュテルンの真似をして乳児が自発的に歌い出す最初のメロディを楽譜でとらえようと苦心したりしているあたり、当時の気負った気分が思い出されておかしくなる。未熟児の発達過程の特徴、そんな課題もあの頃から頭のすみにあったように思う。

こんな風に書くといかにも大した記録のようにきこえるかも知れないが、実際は雑然として穴だらけのものに過ぎない。ただ初めて母親になった者の眼には本で読んだ知識とちがって、わが児の日々の成長はすべて新鮮な驚異であり発見であったのである。

これが次男のほうの記録になるとよほど調子がちがって来る。この子の生まれた二十四年末は世の中も大分落着き、母体も充分の休養と栄養に恵まれ、子供も月みちて生まれた。日記もちゃんと出来合いのがたやすく入手できたし、毎日それに記入さえすればよかった。ところが肝腎の内容のほうは却《かえ》ってスペースの制約を受けたためか、育児への馴れのためか、長男の時ほど育児に没頭することが許されなかったためか、記録がずっと簡略になってしまっている。これはまことに残念なことだと思う。しかしはっきりいえることは、次男を育てるに際して長男の時の記録が非常に役立っているという点である。食物や衣服や、病気の際の経過や看護法、薬の用量など、記述が詳しく具体的であればあるほど参考になり、失敗をくりかえさずに済んでいる。また心身の発達の過程や速度を一々長男の場合と較べて両人の特徴をはっきり摑《つか》むことが出来たといえよう。

フロイトの考え方によれば人間の一生の心身の特徴や傾向はすべて乳幼児期に定まってしま

うという。従って後年の神経症や性格異常の病根は大ていこの時期の環境や経験に端を発すると考える。であるから現今フロイトの流れを汲む精神医学の臨床では、子供であろうと大人であろうと、こういう患者を扱う場合にはまず患者の生活歴をしらべるが、中でも出生時及び乳児期を最も重視して、ことこまかにしらべあげる。たとえば排泄の一事をとって見ても質問は次のようにくわしい。「おむつの取替えは時間を決めてしましたか。或いは濡れたらその都度取替えていましたか。おむつが濡れていないかと始終気にしましたか。大小便のしつけはいつ頃からどんな風にしましたか。いつ頃からおむつを外しましたか。」等々（阪大神経科精神構造調査用紙修正案より抜萃《ばっすい》）。授乳、あやし方、ねかせ方、離乳、病時の看護の仕方など何から何まで書いて貰う。その答のすべてが精神医学的に意味を持つと考え、それを綜合《そうごう》解釈した上に立って診断や治療の方針を決めるのである。このような場合に、もし母親の手で正確な育児日記がつけてあったら医者もどんなに助かるであろう、といつも思わずにいられない。これは学童や青年の教育相談の場合にも痛感する。

またもし妊娠中から育児期にわたる綿密な記録を多数集めることが出来れば、そのデータと子供たちのその後の成長とを照らし合せて見ることができる。そうすれば果して正統派フロイト流の考え方が正しいか、それともカレン・ホーナイ(2)などの主張するように、幼児期以後の社会的文化的影響も幼児期の経験に負けずに大きいものか、両者の比重如何、などという基礎的な問題もはっきりして来るであろう。このような事実に裏づけされた研究が今切望されているのであるが、それも全く母親たちの協力なくしては望めないことだ。

こんなことを考えながら昔の育児日記を繰っているところへ子どもたちが小学校と幼稚園から帰って来て読んでくれとせがむ。わかりそうなところを拾い読みしてやると大変な喜びよう。それを見ながら思った。今にこの二人が成人して親の手を離れて行くとき、この日記は母からのよい贈り物となるであろう、と。たとえそれがどんなに不備のものであってもいい、そこには母とみどり児との間に営まれた日々の生活の人知れぬ悦びと感謝の思いがどの頁にもしみわたっているのであるから。

（一九五五年　四一歳）

交友について

「それで母親（ムッター）の対社会的態度はどうなんですか。この患者（クランケ）が社会へ出るまではどうもなくて、就職したとたんにノイローゼになったというのは、どうしても母親のほうに何かコンフリクトがあったとしか考えられないのですが――」

「この子供のチック症は母親の威圧が、あまり強すぎたために起ったものと考えられますね。この子は元来エネルギーが強いし、母親の性格は虚栄心が強くて勝気であり、ほかにはけ口もないために全エネルギーをこの子にそそいだ、しかもあまりにも高い要求水準を以って臨んだためといえます。」

母親、母親、母親。阪大神経科のケース・カンファレンス[1]ではずいぶんよく母親が槍玉《やりだま》にあがる。もろもろの心理的異常の禍根《かこん》はまず患者の幼時の母親との関係に求められる。もちろん遺伝関係や、身体的な要素や、母親と父親との関係、その他の家族間の状態等々多方面にわたって探さくは行われるが、幼時の体験が一生を通じて人格形成上一ばん大きな決定因子となると考えられているため、何といってもまず母親の人となりが問題にされるのである。若い医局員たちが容赦《ようしゃ》なく心理分析のメスをふるい、患者の母親の性格や心理を切りまくっていくのをきいているうちに、私は息苦しくなって来ることがある。自分の母親としてのあり方を否応なしに省みさせられるからである。それに、この席上母親である人間は私ひとりなのだ。時には教授が私のほうへふりむいて「母親としてどう思うか」というようなことをたずねられたことがある。こうなると私はますます自分ひとり母親を代表して被告の席に立たされているような気がしてくる。そうそう何でも母親のせいにしなくても、とすこぶる主観的につぶやきたくなってくる。

とはいえ、問題は意見ではなく事実である。人間形成における母親の大きな役割はちかごろの医学や心理学ではますます明らかにされるいっぽうである。もし社会のあり方が変ればどうであろうか。文化人類学の研究成果をのぞいて見てもずいぶんいろいろな場合があるらしいから、簡単にきめ込んでしまうわけにはいかない。けれども現在の私たちの社会では、人間の幼時を支配するのは母親なのであるから、否が応でも母親が最も重い任務を背負わされることになる。私は女子学生たちを見るとき、彼女たちが現在どんなことに熱中しているにせよ、その大部分の人たちがあまり遠くない将来においてこの大きな任務に当面し、これと対決すべくいわば運命づけられていることを思わずにはいられない。この任務は就職などよりなお一層多くの準備や資格を要するにちがいないのだが、いったいどこで、どういう風に、その準備は行われるのであろうか。

といっても私はべつにここで花嫁修業の必要を説くつもりはない。また必ずしも児童心理や精神衛生のような講義ばかり取って欲しいというのでもない。そうした技術的、知識的なことよりももっと大切なのは母親たる人間の性格や心の持ち方、対人関係や人生観など、そうした全人格的な事柄なのである。これがしらずしらずの中に子供の心の礎《いしずえ》にまでしみ込んで行き、いわゆる Lebensgefühl（生活感情）から自他に対する反応の仕方にまで深い刻印をあたえてその子の一生のありかたを内的に決定する重要因子の一つとなってしまうのである。考えれば恐ろしいことではある。

この点からいえば女子大学では男子の大学の場合以上に人格の陶冶《とうや》が重要な課題になってくるのは当然であろう。アカデミックな学問の尊さもよくわきまえているつもりではあるけれども、精神科医としての立場から考えるとき、女性には何よりもまず人をあたたかく育み得る人格を、と願わずにはいられない。その愛情はいうまでもなく正しい理性と知識に裏づけられていなくてはならないが、知性をみがく機会は大学では大いに恵まれているはずである。人格的な成長のほうはどうであろうか。この点で最も大きな力を持っているものの一つは対人関係を通して行われる心の修練である。学園では当然先生や学友との関係によるわけで、その点教師たる者の責任も痛感されるが、青年期においては親よりも師よりも大きな意味を持つのは友人関係であろう。さまざまの異った個性の友人たちと心と心をぶつけ合い、切《せっ》さ琢磨《たくま》して行くことこそ青年の特権である。ところがそういう交友は女の間では難しいといわれている。先学期の精神衛生のペーパーにもこれを嘆く声が多かった。けれども大学ともなれば、知性も個性も相当出来上った人たちの間なのであるから一般の女性間よりも、もっと深い人格的な基盤にたった交友が成立し得るのではなかろうか。邪魔をするものは虚栄心やしっと心やふたごころ、こうしたものをかなぐり捨てて誠実に友と交わることは女性にも決して不可能なことではない。そういう結びつきは青年時代でないとなかなか生まれないものであるが、その代り一旦結ばれたら、結婚しても、年を取っても一生つづいて行き、けわしい人生の旅を支えてくれる。そういう例は私の周囲にもある。互いの個性を尊重し合い、補い合い、育て合う人間関係を持ちうる人こそ人間としての、ゆたかな成長をとげうる人であり、やがていい母親にもなりうる人であろう。母親たる準備はふつう考えられているよりももっとずっと根の深く広いものでなくてはならない。それは人間としての成長によって用意されこそすれ、決してこれと背反するものではないと考える。

（一九五七年　四三歳）

野の草のごとく

うちの子は五がひとつしかありません。全然欲がなくて困ります。大丈夫でしょうか。なにしろ、参観日に行くたびにショックで、ゆううつになります。お母さまがたはみな、ものすごくて、子どもさんに家庭教師をつけたり、たくさんのおけいこごとに通わせたり――いったい、ああもしなければいけないのでしょうか。私どもにはとても――。

このような問いをもって、たずねてこられる若いおかあさまがたは、あとをたたない。戦後のこの風潮は、どうやらひどくなる一方らしい。教育学者でもなく、ろくな母親でもない私は、何と答えてよいやら、いつも考えこんでしまう。だいたい、あの採点法からして、どんなものであろう。すべてクラスの他人との比較から出てくる相対的な数値にすぎない。ところが、子どもというものは、ひとりひとりが絶対値なのだ。精薄の子でも、その子なりに、その存在全体が五点なのだ。

しかし、こんな素人じみたことをぶつぶつ言ってみてもはじまらないから、私は突然自分が精神科医のはしくれであったことを思い出し、医者の悪いくせとして、相手の顔をじっと眺めてみる。そこに浮かんでいるあせりやいらだちや不安の色は、おかあさま自身にとっても、子どもにとっても、決してよいことではなかろう。なんとかして、まずお母さま自身に安らぎをとりもどしていただかなくては。

そこで私は、今までにみてきた、いろいろな例をあげてお話してみる。小学校時代、母親がピッタリとつきっきりのようにして勉強をみてやり、その結果、優秀な成績をおさめていた子どもが、中学校、高校とあがって行き、自分の力ひとつでやらなくてはならなくなるに従って成績がおちていった例。そのあげく「長期欠席」を始めて、とうとう何年もレールからはずれてしまった例。「一流校」から東大へストレートで入ったのち、神経症になって休学している学生の例。——小さい時の成績なんてちっともあてになりませんよ。問題になりませんよ。

こんなことを言っているうちに、私は何となく、これはまちがった話しかただ、という居心地のわるさを感じてくる。問題は勉強の出来、不出来や進学の成否にあるのではない。知能は人格のごく一部にすぎない道具みたいなもので、人の一生のしあわせを左右する上では、感情や意志のほうが、ずっと大きくものをいうのだ。

それに私の心には、ちがった種類のおかあさまがたの姿が浮かんでくる。何回子どもをさずかっても、そのつど五ヵ月で流産してしまい、とうとう、子どもを持つことをあきらめなければならなかったひと。四人の子のうち三人まで、成人しないうちに、病に奪われてしまったひと。すべての条件が最高にととのっていると思われた結婚をしたのに、初めての子が小児麻痺で精薄であったひと。そういうおかあさまたちの涙は、私の小さなへやの椅子のなかにまで、しみこんでいるような気がする。

このようなかたがたのことを考えると、子どもを与えられること、その子が心身ともにふつうであることなど、いわば「最低線」のことがすでに最高の奇蹟《きせき》、最高の恩恵として感じられてくる。もしさいわいにも、これを与えられているならば、これ以上の欲をもつことは欲ぼけにちがいない。子どものため、という大義名分はあっても、親の欲はけっきょく、自分自身の欲なのだ。親になると、だれでも多かれ少なかれこの欲にとりつかれてしまうのが、私たちみんなののがれられない性《さが》ではあるが。

日本で昔から言っていたように、子は「さずかりもの」で親の所有物ではない。いわば大きな生命の流れから、しばし、あずけられたものにすぎない。保護を必要とする間だけ私たちの手もとにとどまっているけれども、やがては小鳥のように、自らの翼の力で巣立って行ってしまう。

このことを考えるとき、いつも頭に浮かぶのは「生命は糧《かて》にまさり、体は衣にまさるなり(1)」ということばである。「糧」とか「衣」というのは、もろもろの物質的必要や飾りであろう。子どもにあてはめてみるならば、教育に「投資」する資金とか、成績とか、学歴とか、おけいこごとなど、いろいろと体裁をつくろうことであろうか。これに反し、「生命」とか「体」というのは、子どもに内在する生命力や素質を指すものと考えられよう。

教育という名のもとに、あれこれと、やみくもにひとまねをして介入するのはどういうものであろう。子どもの内にそなわっている生命力と可能性が、それ自らの力で伸びて行けるように、時には出したい手をもひっこめておくほうが、かえって必要なことさえあるのではなかろうか。

同じような小さな種でも、あるものは霞草《かすみそう》となり、あるものはコスモスとなる。花を咲かせる時期も、花の色や形も、それぞれちがう。細胞分裂によって種から育っていくのだが、その育ちの方向をそれぞれに定める力は、すでに種そのもののうちに宿っているという。母親が用意できるものと言えば、ゆたかな土壌《どじょう》と、光と水だけで、あとは種に宿る生命力への畏敬《いけい》と祈りの念をもって、そっと見守ることしかないのではなかろうか。むしろ母親自身がこのゆたかな土壌になれるように、若い時から一生のあいだ、たくさんの栄養分と水分を吸収しつづけ、いつもじっと光を浴びていることのほうが大切に思える。

ひとつの例をとってみよう。ここにひとりの幼児がいてガラス絵をかくことに熱中している。そこいらじゅうをべたべたにしながら、いろいろの色で描いてみて、時折りガラス板を光にすかして眺め、「ああ、きれいだなあ!」と何度も心の底から感嘆している。そういう子どもを与えられた母親は、じっとこの様子を心に銘《めい》じて、これを大切にすべきであろう。もしかすると、その子は一見うすのろで、行動もぶきっちょで、学校の成績もパッとしないかも知れない。しかし、きわだったひとつの特質を持ちあわせているということは、あらゆることをソツなくやってのける優等生タイプよりも、あとでずっと伸びる可能性がある。創造的人物のうちのかなりの割合が、幼時こんなふうであったようだ。

もしこのような子を、母親がむりに鞭撻《べんたつ》(2)して、先の先まで安心できるレールの上に早くからのせてしまおうとするならば、どういうことになるであろうか。その子の内なる芽は、おしつぶされてしまうかも知れない。あるいはまた、その芽の生命力が野の草のごとく強じんならば、どのような障害物でもはねのけて、伸びて行くかも知れない。障害物が大きいほど、かえって伸びる力が強くなる、という場合もある。何かが伸びたとしても、それは母親の功績というようなものではない。むしろ母親にもかかわらず伸びた、という場合が多いのではなかろうか。

どんな種が私たちの内にまかれているのか、母親にさえわからないのだから、私たち母親は、もっと生命に信頼してすべてをゆだね、子どもへの欲についてはもっとつつましく、ひかえ目でありたいものである。世の多くの「涙の母」たちに対して、そうでなくては申しわけないと思う。

多くの子どもたちの成長をみていると、彼らの生命の源たるものから、以上のようなことをささやかれる思いがする。そのささやきをそのまま、若いお母さまがたにお伝えすることしか、私にはお答えできることがない。

（一九六八年　五四歳）

子どもに期待するもの

子どもが幼稚園にあがるとき、母親の胸はさまざまの期待でふくらむものだ。それは私も身におぼえがある。しかし、その後約二十年ほどのあいだに、自分の子どもたちをもふくめて当時の幼児たちはどんな道を歩み、現在どうなっているか。知っている範囲のことを思い浮かべても感慨無量のものがある。要するに、幼児を持つ母親の夢や予想の多くはまとはずれなものだった、ということになるらしい。

たとえばある上品な家庭の息子たちは、その後、父親の事業にはなはだしい浮沈があったため、長男は大学を中退して、父を助けるために奮闘しなければならなかった。次男は大学を卒業後、料理店経営をめざして現在外国で修業中。べつの男の子は大学理学部を卒業したが、学生運動の影響もあって研究者になる意志をひるがえし、音楽家への道を歩みはじめている。ある女の子は幼いころからなにになにでも秀でていたが、大学を出てからひとり海外へ行き、五年間勉強をつづけている。以上の若い人たちはみな勇んで歩いているのだが、母親たちは心配ばかりしている。

社会情勢の変化とその影響、家庭事情のなりゆき、子ども自身の意志——どれひとつ母親の思うとおりに運ぶとは限らない。しかも現在の日本は、終末論的なことを口走っても、精神病者とまちがえられる心配はないような世の中である。今の幼児たちがおとなになるころ、どんな世界になっていることだろう。少なくとも現在敷かれているレールの上で人びとが走っているとは考えられない。だいいちレールそのものの存続がうたがわしい。

こう書いているうちに、どうしても戦争直後の廃墟《はいきょ》が目に浮かんできてしまう。もしふたたびああいう世の中が来るとしたら?

でもなにもかも焼けてしまったときにも、ひるまの空は青く澄みわたり、夜は月や星がいっそうまぶしく輝いた。病院でみとった被災者は、目に見えないものの恩恵を感謝しつつ最後の水をのみ、合掌《がっしょう》して死んで行った。防空壕《ぼうくうごう》の中に住んでいた人びとの中にはどこからか種を持ってきてまき、花を咲かせて人の目を心をたのしませた人があった。知人のある人は、戦争中せっせと庭に埋めてあったお米を焼けあとから幾俵《いくひょう》も掘り出し、炊き出しをして近所の人びとにおにぎりを配った。やがてザラ紙に印刷された本が出版されるようになると、人びとは長い行列をつくって本を買い、むさぼるように読んだ。

美しいものに感動する心、目に見えぬものへの畏敬の思い、人びととむつみあうよろこび、未知のものへの好奇心とおどろきの念――こうした心のはたらきが幼いときからつちかわれていれば、どんな世の中になっても、どんなに貧しく苦しい思いをしても、人は心にゆたかさとよろこびをもって生きて行ける。こういう若い人たちが歴史を新しくしてくれることを、期待することも許されよう。

いい学校を出て、いい就職をして、などというきまりきった願いに向ってわが子をスタートさせようとしても、未来はまったくわからない。それよりも幼いときに、これからの一生を支えうるような大切な心のはたらきが育つことを期待しよう。親が邪魔さえしなければ、こうしたはたらきの芽は幼な子の心の中でぐんぐん伸びようとして、待ちかまえているにちがいない。

（一九七四年　六〇歳）

なぐさめの言葉

「キリエ・エレイソン！」（主よ、あわれみたまえ）

バッハなどのミサに、この言葉がさまざまの旋律《せんりつ》で歌われる。キリスト教徒であろうとなかろうと、あの哀切きわまる調べが心に深くしみとおり、知らぬ間に自分も心の中で声を合わせ、そうするだけでなぐさめを得た思いがする。こういう経験をしたことのあるひとは、日本でももう少なくないであろう。言葉の意味がわからなくてもいい。出典を知らなくてもいい。これは言葉以前の言葉とも言うべきものであって、人生に悲しみや苦しみがあるかぎり、ひとがむしろ無言のうちに訴える言葉なのであろう。訴える相手はひとによって神であり、運命であり、宇宙の法《のり》である。要するに人生を支配する普遍的なものへのよびかけなのだ。だからこそこの訴えは万人に共通な言葉なのだと思われる。

「キリエ・エレイソン」と言うとき、ひとはただあわれみを求めているのではなく、なぐさめをも求めているにちがいないが、それに応じるのに、どんな言葉があるだろう。言うまでもなく求めるひとの側の条件によって千差万別であるべきことはまちがいない。

「どんなに大変でいらっしゃいましょう」

「お察し申し上げます」

「でもまたいい時も来ますよ」

深い悲しみや苦しみの中に沈んでいるひとが、右のようなありきたりの言葉でなぐさめられるだろうか。なぐさめられるとしたら、これを言うひとと言われるひととの間に前から親密な関係が出来ており、これを言うときの態度、表情、口調、潮時《しおどき》など言語外の要素がうまく揃った時だけであろう。

時には思いがけない言葉がなぐさめとなることがある。ある老婆が自分の病気のために周囲の者たちに迷惑をかけていることを嘆いていたら、若い息子がさりげなく言った。

「どうせあと百年もすればぼくたちみんないなくなっちゃうんだよ。順ぐりにね」

この母子はもともと哲学的なことを語り合う友人のような時期を経たことがあるためもあろうか、老母はこれを聞いてふしぎになぐさめられたという。「万人は死すべき存在である」という普遍的な事実をあらためて示されたのが母親の心を落着かせたのだろう。普遍的なものにまで辿りつかないと、ひとはほんとうにはなぐさめられないものらしい。

辞書によれば「なぐさめる」とは次のように定義されている。

さびしさ、悲しさ、苦しみなどをまぎらせて心を楽しませる。

この「まぎらす」という表現が少々心にひっかかったので、現実に悲しみや苦しみのどん底にあるひとの場合を考えてみた。もしその現実が変えることのできないような厳しいものならば、そのひとの心を楽しませるものはどうしても現実を超えたものでなくてはならないだろう。何らかの宗教的信仰、哲学的思考、美の世界のたのしみなどがその例である。こうしたものによって現実の苦しみを乗り越えるのは人間の心の最後のよりどころであろうから、これを奪うべきではない。あえて「まぎらす」という言葉をなぐさめの一部分として受け入れることにしよう。

辞書を手にしたついでに「あきらめる」の項ものぞいてみた。

とても見込みがない、しかたがないと思い切る。

とある。なぐさめる場合とくらべてはるかに消極的である。「日本人は何でもすぐ「シカタガナイ」(とたいていの人は日本語で言った)であきらめてしまう」と何人かの外国人に言われたのを思い出す。しかし、考えてみると、実際にあきらめるほかないような事態であっても、なお心を楽しませるものを発見してなぐさめられることも充分ありうることだ。そうすればあきらめに伴う暗い影も退散するであろう。

悲しむ、あきらめる、楽しむ等の情緒的な言葉は、系統発生的にも個体発生的にも、客観的・論理的な言葉よりもずっと早く生じたにちがいない。しかも、それは沈黙の世界から生まれてきたと言える。胎児は十ヵ月間の沈黙の世界で暮したのち、この世に生まれると、だれといって特定の人に向かってでもなく、すぐ泣き、叫ぶ。初めのほほえみさえ、ただ空腹がみたされたあとの自足を示すものらしい。情緒が言葉のかたちをとるようになるのは対人関係の中においてであることは、よく知られている事実である。やがてひとは心の深いところで錯綜《さくそう》する情緒の一端を表現し、他人へ伝達することができるようになる。

しかし、どのように人間が成長し、論理的な言葉をあやつることができるようになっても、その論理的思考はいわば心の底の大海に浮かぶ島のようなものに過ぎず、この情緒的生活という海を根源的に支配するのは、「内言語」から成る沈黙なのではなかろうか。

ひとりの病人をなぐさめたいあまりに、ある看護婦が実務を行なうかたわら絶え間なく、しかも長時間にわたり一方的に話しつづけた場面を第三者として目撃したことがある。病人は極度の疲労におちこんでいたため、看護婦のなぐさめの言葉さえ理解できず自分の上に降り注ぐ「言葉のシャワー」にただ苦痛しか感ぜず、相手の善意は充分くみとりながらも、この「シャワー」が一刻も早く止んでくれるように、とひたすら待ちこがれていたという。筆者はのちにこの病人からこの話をきかされて、なぐさめるためには言葉よりも沈黙のほうが優《まさ》っていることがある、と思わされた。

次は筆者の経験——。「だまってくれ、うるせえや。俺の人生はもうめちゃめちゃになっちまったんだ」とどなったきり頭から毛布をかぶり、一日中ベッドにうずくまっていた青年がある。らい療養所での病室のことであった。まだ顔さえ見ていなかったこの新入りの患者のことを看護婦から聞き、彼のベッドのそばを通ったときそっと彼の名前を呼ばずにいられなかったのである。しかし、こんな時に何を言ってもおそらく右のような「言葉の爆発」を招くだけだったろう。筆者の行為は自分本位の、おろかなものに過ぎない。病人はまだなぐさめを求める段階にさえ至っていなかったのだ。

ずっとあとになって彼と自然に親しむようになってから、彼は自ら求めてこちらと話そうとした。この頃らいの新発生は稀《まれ》になり、いい薬もできているのに、なぜか彼は大学の途中で発病し、その病は重く、苦しみは大きかった。こちらは黙って聞きながら、いつものようになぐさめの言葉を求めて心であがいていた。

「いいのです。何も言って頂かなくていいのです。ただ聞いて頂くだけでなぐさめになるのです」

こういうふうに、相手をなぐさめたいと思っている者が何らかのかたちで逆に相手からなぐさめられるという経験は極限状況にある患者たちの場合が多かった。それもこちらはただ沈黙して耳を傾けているだけのことが多い。しかし、おそらくその沈黙には「慰めたい、けれど言葉がみつからない」という気持がぎっしりつまっていないと迫力がないのかも知れない。

十五年ちかく、こういう人たちの間で働いていて、強く感じさせられたことの一つは、まず自ら深く悩み、なぐさめられたことのある者でなければ他人をなぐさめられるものではない、という平凡な事実である。しかも他人に対するとき、何か出来合いの言葉で説教してはならないこと。説教は浅くひとをゆさぶることがあっても、普遍的なもので心をいつまでも楽しませることはない。

「アミタール面接(1)」ということが導入されて以来、石像のように一日中身じろぎもせず、一言《ひとこと》も口をきかない分裂病者でも、薬物が効いている短い期間中は彼が抱いている妄想なり考えなりをすらすらと話し出すことがわかった。彼の沈黙は必ずしも空白を意味せず、周囲に対する正確な認識をもふくんでいるのである。これは多くを示唆する事実ではなかろうか。

若いひとでなぐさめを必要としているひとは思いのほか多い。だれかとの出会いや何かの書物を通して、自分にピッタリのなぐさめの言葉を見出せたひとはさいわいである。人生にまぬがれない多くの難所を通るたびにそれらの言葉はひそかな調べを奏でて、一生の間彼を支えるだろう。なぐさめの言葉にみちた本のリストを作ることもできよう。しかし、そこに沈黙、その他の非言語的なものをも加えたいのである。

（一九七七年　六三歳）

老人と、人生を生きる意味

編集部の方は何とまたむつかしい題目を与えてくださったことだろう。もっとも今までに「老人と生きがい」というようなテーマを提案されたことがないわけではない。でもここ十年あまり生きがいということばがいかにも軽々しく世にはびこるようになってから、このことばにアレルギーができてしまったらしく、これに接するたびにビクッとするようになっていた。

まるでそのことを先刻ご承知かのように、編集部の方は「人生を生きる意義」と堂々たる正攻法で迫って来られた。さすが深く考えられたものと敬服した。しかしこれは老人にかぎらず人間すべてにとって大問題ではないか。おいそれと答えられる事柄ではない。

それに「老人」というものの定義がむつかしい。何歳から何歳までと区分してみたところで、六十代ですでにやっかいな成人病にかかって人手を借りなければ生活できない人もある。一方には八十代、ときには九十代でも元気に自分のことはできるし、まわりの人を助けたり、よろこばせたりすることができる人もある。

美しい老年は恩恵

かりに編集部からのお手紙にあったように「社会の役に立つ」こと、「自立」すること、「老いてなお社会から人間として認められ、人生に生きがいを感じられる」ことが人生を生きる意義であるとして、老人に焦点をあててみると、ハテとしりごみしたくなるものがそこにある。

というのは世に元気な老人ばかりいるわけではないからである。「美しい老年」のあることを認めるのにやぶさかではないけれども、それとは一見全くかけはなれた光景を医師として私はいくつもみてきた。

美しい老年を生きられる人は生まれつき体質もよく、「運」もよく、一生の間の生きかたも心の持ちかたもすぐれた人であろう。さらにガンだの心臓病だのにみまわれても、それを上手に克服できた人であろう。それはその人の業績でもあろうが、さらに恩恵というべきかと思う。

そういう人は老いてもなお心と体をはたらかせ、一生の趣味や仕事をつづけ、社会に益することと目を見はるばかりのこともある。こうした例については多くの紹介と賛辞がよせられており、私がここでことさらに何かを言う必要もない。ただそういう方々に心から敬意を表し、あとから老いていく者たちに大きな励ましを与えていてくださることを感謝するにとどめたい。

だからと言って家庭に、病院に、療養所や養護ホームにねたきりで呻吟《しんぎん》する方々のことを忘れたくない。いくつもの例が私のまぶたにはやきついている。たとえば――

らい療養所の病室（これは一般社会でいう「病院」に相当することばである）で背丈の長い、骨《ほね》太《ぶと》の男性老人が個室でねたきりになっている。

若かりしころはさぞ堂々たる美丈夫であったろう。患者仲間の顔役として活躍していたという。ところがらいという病気は死に至る病ではないし、この人の病型は軽く、人にうつす心配もなかったので、八十代後半まで元気そのものであった。

ところが老いが進んでくると、ちょっとしたきっかけで寝込んでしまう。ある冬、流感が療養所にはやったとき、この人は肺炎になってしまって、抗生物質は効いたらしいのだが、すっかり弱りこんで起きあがれなくなってしまった。すべてを看護婦さんたちの世話にたよらなければならなくなったとき、それまで完全に自立していただけに、つらかったことだろう。でもいらいらもせず、卑屈にもならず「すみません。ありがとうございます」と素直に姿勢をきりかえたのは、みごとであった。排泄《はいせつ》の世話まで人手を借りなければならなくなっても、この態度は変わらなかった。ある種の諦観《ていかん》をそこに感じて、その感激をカルテに記した若い医師がいたくらいである。

医療者を照らす灯

おじいさんのベッドの上の白壁には大きなまるい紙がはりつけてあって、中心点から放射線状に二十四時間を示す数字と線が書いてあった。各時間はさらに二十分ごとにもう少し薄く、細い線で書かれてあって、二十分経つごとに三人の若い看護婦さんがへやに入ってきて、三人がかりでおじいさんのからだの位置をずらせていた。何しろ重いからだである。そしてねまきをまくって、今までシーツにふれていた背中の部分をアルコール綿でごしごしこする。とこず、れを防ぐ処置である。

こすりながら看護婦さんたちは明るい声で話しかける。

「おじいちゃん、今日は少しむし暑いわね、どう、具合は」

「うん、うん、ありがとう」

「海からいい風が吹いているわ、窓をあけておきましょうね」

「うん、うん、すみません」

「じゃ元気でね、また来るからね」

看護婦さんたちは小鳥がとんで行くようにへやから去って行く、ひとり残されたおじいさんのあたまに去来するものは何であろう。時々訪ねて行くと、ほほえみをたたえてぽつり、ぽつり、遠いふるさとの話をしてくれる。そこで彼は漁夫をして一家を支え、波と風を相手に奮闘していたという。しかし、らいになってからはこの療養所に入り、身内の者と再会したことはない。行方不明ということになっているからだ。

彼の明るさ、おだやかさ、決してぐちをこぼさず、いつも感謝の気持ちをあらわしていることに、若い同僚の医師は感激のことばをカルテに記していた。

看護婦さんたちもこの人のへやに来るのがたのしみらしかった。ともすれば暗いことの多い療養所で、この人は医療者たちを照らす灯のような存在の意味を発揮していたと思う。ところが老衰が加わるにつれて彼の意識はくもってきて、口もきけず、人の言うこともわからなくなってしまった。彼のすることといえば時々大声で唸《うな》ることだけであった。それは尿や便をもよおした時や失禁したときが多いようであったが、手不足の看護婦さんたちには声が聞こえないことがあり、そうすると唸りはさらに大きく激しくなる。この人が亡くなるまで彼も苦しみ、医療者も苦しんだことは言うまでもない。

これはほんの一例にすぎない。夜間海辺を徘徊《はいかい》したり、ベッドの中に狸《たぬき》が入っていると言ってさわいだりする例がいくつもあった。おじいさんの場合は最もらくな例の一つであったと言えるかもしれない。

果してこんな状況になっても人間に生きる意味があるのだろうか、という重い問いが投げかけられる。美しい老年、ということばを聞くたびに心の片隅で「でも……」という疑問符が湧きあがるのは、右のような例をあまりにも多く見てきたためにちがいない。

人間を越えるものへの委《ゆだ》ね

このように意識が混濁《こんだく》した人が自分で生きがいを感じることは、まずありえないであろう。彼はもはや「あえぐ生命の一単位」にすぎなくなり、混沌《こんとん》とした意識は重くるしい苦痛の感覚でみたされているように見える。彼を人間として認め、その存在意義を肯定するには、私たち人間全体の生きる意義を考える上で大きな転換、思い切った飛躍をする必要があるのではなかろうか。

そもそも人間は社会に役立たなければ生きている意義がないのであろうか。「自立」や生きがいを感じること、他人から人間として認められること、が人間の生きる意義に絶対に欠かせない条件なのだろうか。もしそうならば、この基準からおちこぼれる人は老人に限らず、いくらもありそうだ。心身を病む人びと、持って生まれた性格や悪い環境のために生きている意味を自分も感じられず、他人も認めにくい人びとというものは少なからずあるものなのだ。それを精神科では知らされる。

　しかし、どんな人間であろうとも自ら望んで生まれてきたわけではない。生まれさせられ、生かされて来たのだ。そこに人間を超えたものの配慮がはたらいていると考えられはしないだろうか。偶然とかまわりあわせとか言ってみても、それはただ視点のちがい、表現のちがいにすぎない。私たちが生まれおちたとき、たとえ順境のもとであっても自らすぐ生きがいを感じたわけではなく、まず両親が私たちの存在を喜んでくれたことであろう。そしてもし少しでものを深く感じる両親であったならば、「この子をさずかった」ことを感謝することであろう。「さずかった」とはだれからの贈物であろうか。「子はさずかりもの」という昔からの日本の表現を大切にしたい。そこには日本人が本能的に一人の人間の誕生にひそむ神秘に対して抱いた畏《おそ》れと感謝の心があらわされている。

　自然科学がどんなに発達してもある特定の人間が生まれることの神秘を完全に説明しきれたわけではない。もし人間を超えたものの配剤によって私たちが生まれてきたとするならば、私たちの生の意義は何よりも人間以上の次元で認められたのではなかろうか。その意義が何であるかを一生かかって探求し、これと思われるものを実現しようと努めていくのが私たちの生きる意味の、少なくとも一部であると思う。

とは言え、人生のごく初期と最終期には、この探求と実現に必要な意識も力も与えられないことが多い。乳児の無心なほほえみが人を喜ばすことはあっても、老いの極まるとき、自他ともに苦しむ可能性のあることに目をつぶるわけにはいかない。しかし、悠久《ゆうきゅう》な時間の中で、人が生まれ、やがて死ぬまでの時間は一瞬にすぎないとも言える。ほんのわずかな時差で人間はみな老い、死に行く存在なのだ。意識がはっきりしているうちに、私たちを支える「人間を超えるもの」に思いをひそめ、信頼をもってすべての価値観を委ねたいものだ。

（一九七八年　六四歳）

「存在」の重み——わが思索　わが風土

思索ということばに値するほどのことをして来なかった者でも、大人になってからのものの考えかたの根はすでにきわめて幼いころにまで辿ることができるのにおどろく。その一症例として幼時に焦点をあててみたい。

「おまえがお腹を空かせて泣き叫んでいても七時間も八時間も授乳してやれなかったことがよくあったよ」という話を亡き母からしばしば聞かされた。おぼえているはずもない乳児期の自己像としてこれが定着している。

なぜこんなことになったか。それはどうでもいい。ただ一つたしかなのは母がそのころ、物心ともに大へん苦労していたことだ。

「子どもを育てるには死ぬほどの思いをしなければならないのだよ」ともよく言われた。娘時代には大げさに聞えたこのことばも、自分で親になってみてから深く思いあたるところがあった。

動物の育児はいかにも簡単、確実、明晰《めいせき》に見える。それを科学的に裏づける実験的研究もある。それにくらべると人ひとり育つまでの時間の何と多くかかることか。客観的にも主観的にも、親子ともに骨折りの何と大きなことか。挫折、病、死のおそれさえ至るところにある。

こうまでして育てられる人間とは何であろうか。それはいまだに一つの課題でしかないのだが、ともかくひとりの人間の存在を可能ならしめるための代価は測り知れないのだ。「存在の重み」という感覚はずいぶん前から心に住みついてしまったようだ。

「飢えの体験」のためか、生まれつきのためか、幼少期については主として暗い印象が残っている。泣き虫でうじうじした長女に若い両親も手をやいただろうが、自分にとっても生きるのは苦しいことであった。この飢えの感覚は、ものごころつくと平和と安定感への飢えとなり、少女期には「思想への飢え」と変貌して行ったように思える。

幼児期の環境には、ただ地理的に言うだけでも安定が欠けていた。亡父(1)は新婚当初から自分の両親と弟妹をも扶養《ふよう》せねばならず、内務省の役人として群馬、岡山、長崎、果ては南洋のパラオなど、辞令一つで転々としていた。引越しつづきの家庭にはそれだけでも持続性が欠けていたことだろう。

また、これは説明しにくいことだが、幼いころの私の周囲では人と人との間が必ずしもなめらかとは言い難いようだった。人の心とはむつかしいものだ、という印象をきわめて早くから植えつけられた。それを言うなら自分の心もまたむつかしいものであるということにハッと気づかせられる日もやがてやって来た。

少し大きくなってからは意識的に人の和にあこがれるようになった。不協和音の響かない平和な生活こそ何にもまして貴いものに思われるのに、平和の中に身を置くことができる日があろうとも思えなかった。

ぱっとしないこの幼少期に明るい灯をともしてくれた二つのことを思い出す。その一つは、いつ、どこで、ともさだかではないのだが、ごくたまに家に現れ出た新渡戸稲造先生のお姿である。ふしぎなことに、先生がただそこにおられるだけで私の周囲は急に相貌《そうぼう》を変え、温かく、おだやかに、光みちたものに化してしまう。このことはずっと後になって多くを考えさせてくれた。

もう一つは、いつのころからか、なぜかはわからないが、兄弟の中で私ひとり毎年の夏を茨城県に住む母の長兄の家で過ごしたことだ。伯父は包容力の大きな医師で、そこには元気のいい伯母やいとこたちがいた。みんなで毎日おむすびを海へ持って行き、一日中、思う存分波とたわむれた。この時の楽しさが生涯、そぼくな自然性への傾斜を造ったと思う。これは家庭ではあまり味わえなかった。

暗い幼少期と言っても、あくまで主観的体験にすぎず、客観的にみれば多くのものに恵まれていたことは疑えない。父母は貧しいながら理想に燃えて無に等しいところから出発したという。その苦労を思えば私も公式的には恵まれていたというべきである。しかし、幼児とは完全に主観的な存在なのだ。このことを私も親となってから時どき一種の畏れをもって考えた。親が子に与えた、または与えたいと思うものを子はどう受けとめているのか。いずれにせよ幼いころの私は暗かった。そして素直でなかったのだろう。とはいえ、過去の体験はのちにどのようにも「加工」されうる。そこが人間のふしぎなところだ。

いじけ切っていた幼少期を一挙に明るくしてくれたことが外側から起ってきた。小学校四年一学期のとき、一家をあげてスイスのジュネーヴに移住することになったのである。急にひろびろとした家に住み、近くの「ジャン＝ジャック・ルソー教育研究所」（ピアジェ[2]所長）付属小学校に通学することになった。純然たる寺子屋で、たった一つの教室に六学級全体がはいっている。全部で二十五人くらいの生徒だったろうか。先生はたった一人の中年婦人。たえずあちこちの机をまわって個人指導をしてくれる。

両親は異国での新しい仕事と生活を築くのに精一杯で私たち子ども四人——のちにそこでもう一人生れたが——はいきなり未知のフランス語の世界に放り出された。教育ママの傾向のあった母もフランス語が全然できなかったから、私たちは文字どおりほったらかされたのだが、これはかえってよかったのかも知れない。

私は二年生の時、「村の学校」から東京の一種のエリート校[3]に編入学させられていたが、そこでみじめさのかたまりとなり、厳格な校則にがんじがらめとなっていた。成績もあがらず、甲はめったにもらえなかった。

この学校とくらべると、スイスの寺子屋はあきれるほど雑然としていた。何の規則もなく、各自が能力と必要に応じて勉強していた。貧しい子も病弱な子も知恵おくれの子もいて、仲間のあいだに助け合いやいたわりの心も自然にうながされた。ここの教育のよさが身にしみたせいか、後年、教師としての私は規則にできるだけしばられないようにすることに、ひそかなよろこびを覚えるようになった。

子どもとはすぐ外国語をおぼえてしまうもので、両親がいつまでも日本語で話すことを続けなかったら、私たちは完全に母国語を忘れてしまうところであった。幼いころフランス語で話し、ものを考えるようになった意味をよく考える。ベルグソン(4)の言うようにある国語とは現実を切りぬく一つの方法なのだ。だから私たちは二つの切りぬき方を同時に身につけたことになる。これにはプラスとマイナスがある。戦後の窮乏《きゅうぼう》時代、子どもが大病で死にかけた時、ばく大な薬代を支払うことができたのは語学のアルバイトのおかげであった。また、こうした実益以上に意味があったと思うのは現在に至るまでフランス語の書物を通して与えられてきた精神の糧である。

このプラスの必然的結果としてマイナスがある。成長期の数年を日本で暮らさなかったことは、その後どんなに努力しても埋められない穴を残したにちがいないといつも思う。

それから、これはプラスかマイナスかわからないのだが、現実の切りぬきかたにいく通りもあるという発見がきっかけとなって、概念というものの相対性を幼くして肌で知ってしまったことになった。この世の人がものを考えるときに使う概念は、それぞれの人の国語や文化圏にしか通用しないのではなかろうか。国語と国語、ことばとことば、その間には明らかにずれや隙間があるが、そこはどうなっているのだろうか。いろいろな概念の背後にある現実の全貌《ぜんぼう》とは何であろうか。このような疑問にはずいぶん前からつきまとわれているような気がする。そのため、ある宗教なりイデオロギーなりの特殊なきまり文句を耳にするとき、その実質的内容は何か、と考えこまずにはいられない。最近私をとらえたフーコー(5)への奇妙な興味はこのやっかいな性癖に由来するところが大きいのかも知れない。

いずれにせよ、子どもにとっては外国語は少しも障壁と感じられないものらしい。寺子屋はのびのびしており、私はそこで急に自由のよろこびを知り、自らすすんで学ぶ楽しさを知った。六年生にもなると下級生を教えさせられたが、それはそれで責任を負うことの新しいよろこびの発見であった。ひとつ苦手だったのはクリスマスの時に日本のきものを着て日本紹介をさせられること。「日本では紙と木の家に住み、野天ぶろにはいり、魚と米を食べます。」こんなせりふを先生がこしらえ、私が暗記させられるのだったが、こう簡単に図式化されるのはたまらない。「ノン、ノン」と抵抗しながら、他国の文化を正しく知ること、自国の文化を正しく伝えることのむつかしさを知った。

と同時に、どのような国や人種の人であろうとも人間は人間である、ということも知った。これはとくに同じ市内の「国際学校」へ進学してからのことらしい。

ジュネーヴでの生活は外側からみて、それまでとは打って変ったはなやかなものであったろう。あとにも先にもなかったことだ。亡父は決して外交官ではなかったのだが、それに似た役割を、父の性格としてはかなり無理をして果さなければならなかった。経済的苦労とはまたべつの気苦労が多かったろう。

「おまえたちは日本を代表しているのだから、どこにいても決して日本の恥になるようなことをしてはいけない」と父母に始終言い聞かされていた。これは子どもにとって大へんな重荷であった。

両親自身、この方針を守るのに懸命であった。「日本の恥」とか「国辱《こくじょく》」とかいうことばがよく食卓などで飛出した。それが時には大人になってからの私の頭にまで飛出す始末である。母の苦労の一つは国際社交場裡《うち》で恥ずかしくない服装を整えることだった。仮縫いの時は、私たち姉妹はしげしげと観察し、毛皮やビーズやレースの飾りをさわって見たりした。しかし、豪華な夜会服もあっという間に古着と化し、屋根裏の大トランクに投込まれる。それをひっぱり出して、ぞろぞろ仮装行列をするのが私たちの楽しみだった。

トランクの古着と遊んでいるうちに、いつしか一つの願いが生まれた。こうした服を着ないですむような生活をしたい、という将来への決心である。これだけは実行を許されたことになった。

自分を体裁よく見せようとするのは、要するに苦労するばかりだ、という考えは母の姿を見ていて自然に起ってきたものだが、今考えてみると、母にとってもああいう生活は決してらくではなかったはずだ。できる限り虚飾なしで暮せる者はしあわせである。

「日本の恥」ということをあまりしばしば聞かされたためか、そのうちにこれに対する反動が私の心に起ってきた。自分や自国をいちいち他人や他国とくらべて位置づける必要がどこにあろう。こういう居直ったような考えも、その根はスイスの生活にありそうだ。

もっとも実際には、私たち子どもは社交生活をほとんど免れていた。ドイツ人やスイス人のお手伝いさんと子どもたちばかりで暮したことも多かったが、中でも毎夏レマン湖の上の山の中ですごした日々が貴重な意味を持っている。レ・ザヴァン(6)というこの山の別荘地には、まだ素朴な土地の人びとが住んでいて、みんな蜜蜂や牛を飼っていた。私たちは土地の子どもたちと草いきれのする牧地を走りまわり、遊びほうけた。陽の光を全身にあびて雑草のように育つこと――これこそ子どもにとって最高の幸福であろう。日本にいたころの病的な私の面影は急速にうすれて行ったにちがいない。

しかし、子どもといえども急にすっかり変ることはできないのだろう。心の底には幼児期の不安や心細さや、いうにいわれぬ悲しみが尾を引いていたらしい。そのためだと思うのだが、この山にいるとき、いつしか奇妙な、ひそかな習慣ができた。

お天気でさえあればほとんど毎日、夕方になると自転車に乗ってひとり山道を降りて行く。坂の途中に曲りかどがあって、そこまで行くと急に広いレマン湖が眼下にひらける。そのかどで自転車を止め、じっと夕陽に光る水面をながめるのだ。ちょうどそのころ、うしろの山の峯々から牛たちが首の鈴をふりふり、村へ降りてくるのが聞える。その響きのほかはしいんとしていて、だれひとり道を通る者はいない。ただ夕やけの空と、山の木立と、みどりに囲まれ、みどりを映す湖水の深いあいの色と。

空がだんだん紫がかり、次第に濃紫、濃紺、灰色と変って行くまで、身じろぎもせずに立ちつくしていた。あれはどういうことだったのだろう。よくはわからないが、おそらく幼いころからあこがれてやまなかった平和と、その平和を生み出す美とをそこで体験したのではないかと思う。

審美的素質もないのに、ここで美などということばを使うのにためらいを感じる。しかし、あれは美というよりほかないものであった。人間の世界には見出しえない調和と美と平和とがこの大自然にはあるのだ、ということをたしかめ、それで安心して帰路につくのであったらしい。

一見何でもないようなこの体験はその後つねに意識の周辺にあってひそかな光を放ち、どんなに暗いところを通った時にも、悲しみと絶望の中に沈没してしまうことをふせいでくれたように思う。


女学校一年のころ日本へ帰った。しばらくは日本語のおくれをとり戻すのに精一杯だったが成城高女ではいわゆるダルトン・プラン[7]の教育が試みられていたので、ここでも必要に応じてのびのびと学習することができた。

すぐれた国語の先生がおられたおかげで私はやがて大へんな国語好きとなり、日本古典をかじる楽しみを知った。これは次第にもの書き熱となり、一時はとめどなく何やら書いていた。家庭での私の役割はかなり重く、この年齢にしては重すぎさえした。この現実からの逃避の意味もあったのだろう。書いてさえいれば、その間は別の世界にいられた。しかし、いうまでもなく私に文学的素質などないので、この試みは早晩失敗する運命にあった。

私の「作品」の一つが印刷されたのを母はこっそり長與善郎《ながよよしろう》(8)先生のところへ持って行ってごらんいただいたという。「ご家庭の影響からか、キリスト教的なものが大へん濃く現れています。このわくを破って自分のあたまでものを考えるようにならないと、ほんとうのものは書けないでしょう」。これが先生のご託宣《たくせん》だ、とあとで聞かされた。これに当惑してその後ずいぶん長い間ものを書かなくなってしまったが、これは貴重な忠告だったと思う。何にせよ、生まれながらその中にどっぷりつかって育ってしまったような精神的風土を、ひとは一度はぬけ出して自ら生まれ直す必要があるのだと思う。

長與先生のおことばのせいか、自然発生的にか、やがて「私には思想がない」という自覚が苦痛を伴ってつきまとう時代がやってきた。幼稚な小説めいたものを書いても、ただすじや人物があるだけで、心に迫るものがないのだ。自分のあたまが空っぽならば、せめて他人の思想をあさろう。

こういう飢えから心理学を読んだり、兄の本だなからいろいろ物色した。最初手にしたのはだれの著書だったか、分厚いフランス語の西洋哲学史で、プラトンやソクラテスの大きな肖像が線画で載っている。哲学のテの字も知らなかった女学生にとってこの本は驚異と感激をもたらしてくれた。大きな疑問となってきていた人間というものについて、昔からこんなにもたくさんの人が思索をこらしていたとは、考えてもみなかったことだ。

「ぼくの本を勝手に持出して汚すんじゃないぞ」と兄[9]によく叱られた。それなのに今なお私は本に汚く書きこみをしたり、台所にまで持ちこんだりする癖がぬけない。

「いったい何読んでるんだ」ある時言われたが、その時手にしていたのはラ・ロシュフーコー[10]だった。一つ一つの節が短くて読みやすそうだったから選んだにすぎない。

「そんなもの読むくらいならこれを読め」と渡されたのがパスカルの『パンセ』。多くの人にとってと同様に、これは自分でものを考え始める上に決定的な意味を持った。兄の大学卒論、学位論文のいずれもパスカルに関するもので、私はそのどちらとも関りを持った。後者を大戦直前のパリで兄に託されて日本に持ちかえり、東大で森有正《もりありまさ》氏[11]に万事お願いしたのがついこの間のような気がする。

兄はその後も私の読書指導に乗出し、ギリシャ・ラテンの古典のガルニエ仏訳版[12]をずらりと並べ、これみな読まなくちゃ話にならないぞ、などとおどかした。どの程度その指示に従ったかははなはだ疑問だが、兄が東大、私が津田[13]に行っていたころは放課後アテネ・フランセに通って同じ授業を受け、夜おそく二人で水道橋の道を語り合いつつ歩いた。そのころ、親よりもはるかに近く、影響力の強かったのが兄だった。父とはのちに親友のような間柄となったが、それはこちらが一応成長をとげてからのことだと思う。

その兄も大学を卒業すると十年以上もフランスへ行ってしまった。空間と時間をへだてると精神的にも遠ざかってしまう。やがて訪れた最も暗い季節には、もはや頼ろうと思うだれもいなかった。してみると思春期における最大の恩人かつ指導者は兄だったのだ。

「頼ろうと思うだれもいなかった」というのはたしかにそのころの気持だったが、それでは全くひとりだったかといえば、そうでなかったことにあとで気づく。早く逝《ゆ》いた津田での親友は黙って支えてくれたし、故三谷隆正《みたにたかまさ》先生も私の視界の彼方からこちらを案じてお心をさしのべていて下さった。苦しみの中でたったひとり、と思いこむのはただ人間が近視眼であるためにちがいない。

その後のことはすでにあちこちに書きすぎたから、なるべく書いていないことにとどめよう。津田英学塾を卒業して間もなく、しばらく結核療養の年月を過ごしたのは、精神的独立のために大へんよいことだった。

この時はもう死と向い合せで生きている心境であったから、自分に思想があるかないかなど、どうでもいいことであった。必死に生きつつ、自己の死を考えている時、そんな事を気にする余裕はないものだ。当時結核は驚くほど恐れられていて、周囲の者も宗教の伝道者でさえも当然ながら私のそばに近よるのを避けていた。それを目のあたりに見てから一挙にひとりきりになった思いがした。

病気が治ってもふつうの家庭生活はあぶない、と医師は言う。当時の娘としてはレールのないところを走らねばならなくなった。トーマス・マンの『魔の山』のように、療養中は一種の真空状態に生きていたが、現実に戻るとなれば、くらくらとめまいがする。この時初めて歴史というものの意味に思いあたり、しばらくはギボンのローマ史などで心が占領された。

　らいをやりたくて医学を志した者がなぜ精神医学に転向したか。そのいきさつは最近ある雑誌*に記したからはぶくが、ただそのきっかけとなった亡き×子さんとその主治医であられた島崎敏樹[15]先生に深い感謝を記しておく。（*本書中「心に残る人びと」を参照）

　昭和十九年秋、内村祐之《うちむらゆうし》[16]先生のお許しをえて東大精神科医局に入れていただいた。ここで初めて学問するとはいかに厳しいことかを教えられ、またどんな患者さんにも敬意と温かさをもって接すべきことを先生から学んだ。

　戦争も末期となると精神病棟も野戦病院さながらとなった。私の家も全焼し、家族はみな疎開したが、私はひとり病棟の一室に住みこませていただいた。負けるとわかっている戦さの中で薬もほとんどなかったが、とにもかくにも人の生命を守るしごとにいそしめるのを無上の幸福と感じた。死は自分のまわりにも、頭の上にもじつに間近にあったのだが、たとえば一杯の水に合掌しつつ死んで行く被災者を前に「生かされていることの意味」を痛いほど感じ、考えさせられた。

終戦後の思い出としてきわだつのは、文部省で安倍《あべ》能成《よししげ》(17)先生のお手伝いをしていた時、占領軍に対する先生の態度がじつに堂々としていたことである。また同じく敗者の立場にありながら米軍医に対して胸のすくような態度をとられたのが内村先生であった。精神鑑定のお手伝いに大川《おおかわ》周明《しゅうめい》(18)を巣鴨拘置所《こうちしょ》や米軍病院に訪れたときのことである。

人間の品位というものは、要するに、その時に置かれた社会的立場よりも、自己のよって立つ内なるものをしっかり持っている人におのずから備わるものなのだろう。人間を外側から地位、肩書、社会的背景などだけで性急に判断するのを聞くたびに私は抵抗を感じる。そのくせ自分もそのあやまちをしばしば犯しているのだろう。

人間をその内側から理解すること。これが精神医学の理想であり、これこそこの学問が教えてくれたことだ。もちろん外側の条件もおろそかにされてはならない。しかし、人間全体に対する理解をこれほど内の内までしみこませようと努力してきた学問は、ほかにないのではなかろうか。

幼いころから人の心の複雑さに当惑してきた者としては、精神医学のおかげでまず自己を少しでもつき放して見ることを教えられたのがありがたい。もとより完全に自己を知ることなど望めはしないが、少しでもよりよく知ることは他人を、人間をよりよく知ることへの第一歩だと信じる。

正しい認識なくしてただひとりよがりの「愛」なるものを他人に注ごうとすることの僭越《せんえつ》と危険を知ったのもこの学問のおかげである。さりとて同時に温かい目を備えなくては真に人間を知ることはできないだろう。いわばあたりまえなことを精神医のはしくれとなって以来、ずっと考えてきた。これはしごとの上でも生きる上でも、たえず試されている課題である。

自己を知ることは自己の限界を知ることでもある。それはつねに他人の知恵という宝庫に目をひきつけさせずにはおかないし、また人間を越えるものへの憧憬《しょうけい》をかきたてる。憧憬となればこれはもう思索や学問を越える領域だが、地球を包みこむこの無限なるものを背景として、その遠近法の中に私の風土はある、と勝手に考えている。

（一九七一年　五七歳）

想像力を育てるもの

ひとりの子どもの経験の意味がどれほどの普遍性を持つかわからない。まあ、こんな例もあるというぐらいのことで記させて頂く。

私は、幼稚園というところへ行ったことはなく、小さな「村の小学校」でのびのびと就学したのだが、二年生のとき急に東京の厳格なエリート校に編入され、うまく適応できずに、泣きべそばかりかいていた。ところが四年生のとき、一家をあげてスイスに行くことになり、この九歳から十二歳までの外国生活が、大きな解放と成長をもたらしてくれたようだ。

ジュネーヴの小さな寺子屋式小学校に私と二人の妹が入れられたのは、そこが家からごく近かったためだけだろうか。この学校は「ジャン＝ジャック・ルソー研究所」に付属していて、所長は世界的心理学者ジャン・ピアジェだった。ピアジェの業績もルソーの教育思想もはるかのちに知ったのだが、彼らは私の実質的恩人ということになる。もっとも、具体的にはこの恩はほとんど「つき放し」の一語につきる形をとった。人手も足りない、何の枠もない学校に、いきなり入れられ、ことばもわからないのだから、あらんかぎりの力を動員して何とかやって行くほかなかった。母もフランス語が全くわからず、学校での妹たちの保護も私に任されていた。下の妹は隣室の幼稚園でフレーベルの「恩物《おんぶつ》」(1)を使ったりしていた。

小学生二十五人ほどは一部屋に入れられていたが、私にまずあてがわれたのは鳥や家やりんごの絵をかいたカルタのようなものだった。うらにはフランス語でその単語が書いてある。アルファベットだけは知っていたので、ひとり発音を思いめぐらし、小声で言ってみたりしていた。そのうちに「ほんとうの発音」が知りたくて、じりじりしてくる。その頃やっと先生がまわって来て教えて下さる。そのよろこび。万事がこんなふうだった。

ここにはできる子もできない子も、丈夫な子も病弱な子もいて、だれも馬鹿にされなかった。昼食はそれぞれ家に帰って食べるのだが、毎朝十時には自分のおやつを持って近所の公園にあそびに行く。あるとき、サッシャという白系ロシア人の、やせた、いつも寒そうにしている少年が私のとなりのベンチに腰かけて、私の手の水蜜桃《すいみつとう》をしげしげと眺めていた。

「ぼくにその桃の皮をくれない？」彼はとつぜん思い切ったように言ってパッと顔を赤らめた。

「あら、実のほうが美味しいじゃない。実をあげましょう」

「いや、ぼくは皮のほうが好きなんだ」私はその断乎《だんこ》たる調子に威圧《いあつ》されてしまい、彼は皮を美味しそうに食べた。でもやっぱり実のほうが好きだったのではないか——。このことはあとまで心にしこりを残した。それ以来、貧富《ひんぷ》の差とか人の自尊心など、それまで考えてもみなかった事柄が心に大きな場所を占めるようになった。

この寺子屋を卒業してから同じ市内の「国際学校」の中学部に進学した。国際連盟の時代だから、じつに多くの国の子が集まっていた。授業はすべて英語とフランス語で二通り行なわれ、それぞれに属する組どうしは何かと対立していた。それよりももっと隠微《いんび》な差別のあることもやがてわかってきた。私が仲よくしていたスイス人のアリーヌという愛らしい少女について、年上のアメリカ娘から或る日こうささやかれたことがある。

「あの子とあまり親しくしちゃだめよ」

「なぜ？」

「だってあの子ユダヤ人ですもの」

このりくつはどうしてもわからなかった。わからないと言えばわからないことばかりの日々だったけれども、生涯にわたって影響を及ぼしたような事柄は、「わからない」形で到来したほうが多かったように思う。

やはりジュネーヴ時代に、いつか母にクエーカー[2]の集まりに連れて行かれたことがある。平生は華やかな外交官夫人的な生活をしているようにみえていた母からは、ひどくかけはなれた光景がそこにあった。そまつな部屋の木の固いベンチに、黒っぽい服を着た婦人たち十何人かが黙って腰かけている。その沈黙は徹底していて、だれもお愛想を言わず何の説明もしてくれなかったけれど、子ども心にかえって何かふしぎな「別の世界」を感じた。それは国ぐにや人びととの対立や競争を超えたもの、はるかに広く深い世界、というふうに思われた。ことばでは言いあらわせないもの、あたまではわからないものに惹《ひ》かれるきっかけの一つは、この経験にあったようだ。

想像力は創造力に通じるだけでなく、自発的な好奇心とか他人の心への思いやりの基盤ともなり、さらには人間を超えるものについての感覚――敬虔《けいけん》と畏れ――をつちかうものでもあろう。子どもの心の可能性を大きく伸ばすためには、大人のきめた枠やレールや時間からはみ出すゆとりやあそびや夢の世界が大幅に許容される必要があると思われてならない。

（一九四九年 三五歳）

父（前田多門）の人間像

父親というものは、ことにその父親が「仕事の鬼」である場合には、子供にとって初めのうちは縁の遠い存在であるらしい。私共の父もまた長い間、子供たちとはめったに顔を合わすこともなく、たまに見る父は、いつも何かにとりつかれたようにビリビリしていて、近づき難い存在であったような気がする。

しかし晩年になるに従って父は私共ひとりひとりと、その個性に応じて友だちづきあいのようなものをしてくれるようになった。兄と父、弟と父の間ではそれぞれ多少ちがった父の面があらわれたことであろう。

私はといえば、まだ女学校の半ば頃、夏休みに兄弟たちと軽井沢に行っていたとき、突然なんのきっかけも用事もなく、朝日新聞社の父から私あてに親展の封書をもらったことがある。

父との人間的な交《まじわ》りともいうべきものは、その時から始まったように思う。それは三枚ばかりの論説用原稿用紙に大きな文字で記された短い手紙であったが、これがもたらした驚きとその影響ははかり知れない。それは幼い心の混沌《カオス》に初めてひとりの人間としての目ざめをひきおこしたと言っていいであろう。その後戦災にあうまで私はこの手紙を大切に保存し、時々とり出してみては自分の生の意味のようなものをそこに確めてみるのだった。

その頃から父は私に自分の仕事の手伝いを時々させたり、折りにふれて心を割った話をしてくれるようになった。ひかえ目な言葉の中から、父のどうにもならない悲しみのようなものに触れて、ハッとすることも少なくなかった。長女の立場というものがそうさせたのでもあろう。それにまた、私はいつまでも家にごろごろしていて、長い療養生活と父の言う「書生」生活を送らせてもらい、父母にとくべつ多くの心配と負担をかけたが、父はいつも熱い、切実な心でこれを支え、励ましてくれた。昭和三十七年一月、父が笑って「ぼくたちのランデヴ」とよび、「この計画が実現したらどんなにエキサイトするでしょう」と書いてよこしていたことがうまく行き、蒲郡《がまごおり》で最後の二人旅をたのしむに至るまで、父と二人きりで過した日々も多い。これらを通して見た父の姿を少し描いてみよう。

父は一見円満で温厚な人物に見えたかも知れないが、ほんとうは孤独な性質で他人のなかになかなか溶けこめず、人前に出ることをいつも億劫《おっくう》がっていた。神経質、敏感である上、いつも自分をみつめており、その自分に対して嘘のいえない人であったから、自己の内外の矛盾にすぐ気づき、生まじめに苦しまずにはいられない性《たち》であった。非常に内気で気が弱いところがあったから、政治家にはなれなかったのであろう。

父の幼年時代については、父がときたま語ってくれたほかには、父の異母姉であった亡き伯母がよく話してくれた。父は幼い頃、知恵づきがおそく、動作ものろくて不器用であったので、周囲の者から「鈍物《どんぶつ》つぁん」と呼ばれていたそうである。商人であった祖父が、父を寺子屋のような小学校にやっただけで、あとは専《もっぱ》ら店番をさせることにしたというのも、ひとつには右のような事情も手伝っていたのかも知れない。手や動作のぶきっちょなのは終生かわらず、スポーツや書画はすべて苦手であったし、日常の実際生活においても万事稚拙《ちせつ》で消極的であったから、公的な生活では田辺様のような方が、私的には母のような存在がそばになかったならば、到底この世を無事にわたって来られなかったであろう。

祖父は烈しく、きびしい人であったらしい。幼い父にとってつらかったことの一つは、祖父が当時まだ珍らしかった「西洋料理」を一人前とりよせて、家族の前でひとり食べるのを眺めていることであったという。後年、父がちょっとした食道楽になったのも、この辺にその源があるのではなかろうか。

祖父は月末になると、月払いの客の家々へ父を集金に出すことにしていた。金を出ししぶる家も時々あり、父がすごすご帰って来ると、祖父の機嫌は悪かった。その代り首尾よく全部集めて帰って来ると褒美《ほうび》として小銭をもらい、これで飴《あめ》を買うのが何よりうれしかったという。私の知る父は、金銭というものを何かひどく汚らわしいもののように感じているように見えたが、これも右のようなことが関係しているのではないかと思う。むかし集金に歩いた浅草あたりの界隈を、ひとり感慨にふけりながら逍遥《しょうよう》するのは、晩年に至るまで父のひそかな習慣であった。

かの「鈍物つぁん」がようやく遅い芽を出しかけたとき、店の帳場にしばりつけられている自分を見いだして、どんなに情なかったことであろう。ひとりで受験を決意し、帳場の台のかげに本を立てかけてこっそり勉強したが、一中の編入試験にはみごとに失敗してしまった。あとからあとから涙があふれ出て、「金だらいに水がたまるほどだった」という。この涙とたたかい、更に強引に孤独な勉強をつづけたことが、その後の父の一生を変えた。自己との戦いと環境への抵抗。これによって一歩一歩苦しみながら自己を形成し、伸びゆく道をかちとって行くのが父の生き方であったとすれば、これはまさにその第一歩であった。

　このような孤独な若者にとって、その後すぐれた師友に恵まれたことは、何という幸であったろうか。内村先生[1]と新渡戸先生と、父はそのどちらからも深い感化を受けたが、どちらかと言えば新渡戸先生のほうに自分に最も欠けているものを見いだして、これに強く魅《ひ》かれたように見える。父は自分にも他人にも厳しく、清濁あわせのむという工合には行かなかった。それを先生はあの温い慈愛、広い包容力、深い悲哀のお心で導いて下さったのだと思う。

　父はヨハネ伝十四章の「わが父の家には住家《すみか》多し」という句がとくに好きであった。これに初めて接したとき、本当に救われたように感じたと語り、一生の間、しばしばこの言葉を口にしていた。それはともすれば固くるしくとらわれがちな心を、広く解放してくれるよすがとなったのであろう。晩年になるにつれて、父の心は広やかに慈愛ぶかくなって行ったようにみえる。ことに私共若い者たちの生活を理解しよう、励まそう、邪魔はすまい、という痛々しいまでに細かい心づかいと自制の心がうかがわれた。

それは一面、どんなにか淋しいことでもあったろう。とくに母亡きあと、父の生来の孤独、厭世的《えんせい》、観照的、諦観的といった面が深まり、関西に用のある度毎に私共の家に泊り、孫たちと角力《すもう》などでたわむれたりしたあと、殆ど必ずひとりで京都にまわり、古寺を訪れるのが欠かせない慰安であったらしい。最後の入院の時に持参して行った本をみると、聖書と共に歎異鈔《たんにしょう》(2)が枕許《まくらもと》においてあった。「自分は生まれながらの善人というものにはあまり親近感をおぼえない。悪を克服して善人になった人をこそ尊敬する」と父は時々言っていたが、この言葉は父自身の内面の歴史を物語っているともいえよう。いつか軽井沢でふと独り言のように言ったことがある。「ぼくは地位や役目の上に乗っかっていい気になっていることがどうしてもできない人間だ。惰性《だせい》だけではどうしても生きていけないようにできている。だからなかなか大変だよ。」

たしかに大変であったろう。しかしそこにまた、老年に至るまで絶えず学びつづけ、前進を止めなかった精神の若さの源泉があったように思うのである。

（一九六三年　四九歳）

『新渡戸稲造全集』――生命の根源たるもの

宗教は説くよりも、これを生きるほうがずっとむずかしいものだ、と私はかねがね思っている。ところが、もしほんとうに人のいのちが宗教によって新しくされているならば、それは泉からほとばしり出るように自然に流れ出て、周囲をうるおさずにはおかないにちがいない。

新渡戸先生のかきものを、私はあまりよく読んだとはいえない。ただ、先生は私の生家の祖父的存在であったため、ごく幼い頃から先生に頬をつねられたりして育ったおぼえがある。父母のことばを通して、また直接に肌で、小さい時から感じとってきた先生のありかたは、まさに上にのべたようなものであったと思う。

おそらく、この無形のふんい気のようなものに、私は深く影響されて育ったのだろう。それを今度出る全集で、あらためてことばとして、思想としてたしかめるのを、大きなよろこびをもって、待望している。きっとこれは私ひとりのことでなく、混沌とした私たちの現代社会が、いま、もっとも切実に求めているものではなかろうか。どうやって人は連帯感を発見し、身につけることができるのか、どうやって生命の根源たるものにたちかえり、そこであらゆる差別や徒党を越えて手をつなぐことができるのか。これこそ現在、もっとも緊急を要する課題であろう。世界平和のために生きぬかれた先生こそ、この課題に対して、もっとも深く、力強い答を与えうる方だと信じている。

（一九六九年　五五歳）

愛に生きた人

私は三谷先生[1]の弟子と称する資格は全くないが、精神的には先生をほとんど唯一の、この世で出合った師と思っている。それほど先生に負うところが大きい。その影響は主として先生の書きものを通してであった。鋭い、直截《ちょくせつ》な名文、それは先生の透徹《とうてつ》した精神そのもののあらわれであったが、それよりも、それを生かすものが一切のてらいも、くさみも、よどみもない、潑剌《はつらつ》とした真理と愛への情熱であったから、読む人の心をゆさぶらずにはおかない。真理への愛は先生をしておどろくべき博識な人たらしめ、人間への愛はすべて病めるもの、悩める者への、この上もなく寛容でこまやかな思いやりとなってあらわれ、また、あらゆる悩みや挫折を、建設的なものへと転換させようとする力強い励ましとなって人を支えた。先生が生涯病んで、孤独な生活を送っておられたこと、いかなる形式や主義にもとらわれない信仰に生きておられたことと、以上のことは、はなれがたく結びついていたのであろう。
人が若き日に、このような師とめぐり合うか合わないかによって、その一生にどれほど大きなちがいが出てくることであろう。先生は今日もその著書をもって人の心にかたりつづけておられる。それは、じっさいに接する時の先生と同じように、あくまでも静かで、あくまでも相手ひとりひとりの個性を尊重しての語りかけである。この先生のかきものを、ことに戦後の若い人たちに読んで頂きたいと、いつも念願していたところ、この度、全集が出ることになって、こんなにうれしいことはない。ひとりでも多くの人が、先生の清冽《せいれつ》な文章に接して、その深く澄んだ泉から、いきいきと各々の生涯を生きぬいて行く力をくみとって頂きたいと願っている。

（一九六五年　五一歳）

心に残る人びと

×子さんのこと

今でこそ精神医学とか精神医というものの存在は一般にもかなり知れわたっているようだが、戦前では医師の間でさえその存在理由と市民権とが正当にはみとめられていなかった。戦中に医師となった自分もその点まったく無知であったのに、なぜ精神医学の道に進むことになったかと考えてみると、かならず×子さんという存在につきあたる。決して自分で診療したひとではないのだが、一種の恩義とざんげにも似た気持で、一度は彼女のことを記し、彼女の霊の安からんことを祈念しておきたい。

「この子は少しあたまが弱いのですが、よろしく指導してやって下さい」

こう言って知人が、その近い身内にあたる×子さんを連れて来られたのは、私が若いころ肺をわずらって、ようやく恢復期《かいふくき》に入り、うちでぶらぶらしていた時であった。まだ医学の勉強もしたことがなかったから、「あたまが弱い」とは何を意味するのか、「指導せよ」とは何を求められているのか、かいもく見当がつかなかった。娘さんは見るからに元気発らつとしていて、応答もきびきびし、あたまもしごく良さそうなのである。

その知人はちかぢか遠くの地へ行かれることになっていたので、×子さんが一ばんたよりにしていたらしいその人の留守のあいだ、淋しさをまぎらしてやってくれ、ということなのだろう。

そう私は勝手に解釈したが、何しろ初対面ではあるし、彼女は私よりたしか五歳ぐらい若かったから、初めのうちは話題に困った。彼女のほうでも私のような者に「指導」されるのは迷惑らしかった。思案の末、毎週一回、英語で作文を一つ書いていらっしゃい、添削《てんさく》しましょう、と提案した。私は津田英学塾を出ていたし、彼女はある女子大の英文科に在学中だった。

この「宿題」もだいぶ閉口だったらしいが、次第に馴れてよろこんで持ってくるようになった。ある時、その英作の一つを読んでいると、次のような文句にぶつかった。

「海を眺めていると、はるかかなたの雲の上に小人《こびと》が乗っていて、私にむかってしきりにおいで、おいでと呼びかけてきます」

「これどういうこと？　あなたの想像なのね」

「いいえ、ほんとうに見えるんです。何人も小びとが見えます。声もはっきりきこえます」

「ふつうの人の声のように？」

「さあ、ちょっとちがうけれど――」と口ごもったのち、「でもとてもはっきりときこえるんです」

とくりかえした。


いったいこれはどうしたことだろう。文学的才能というものなのだろうか。そういえばヴァジニア・ウルフ(1)とか、ネルヴァル(2)とか、いろいろな作家のえがくふしぎな人物や情景は、単なる想像の産物としては、あまりにも異様なまなましさを持っているではないか。ああいう人たちは何かを想像するのではなく、ほんとうに見えたり聞こえたりするものをそのまま記しているのかも知れない。――

こんなことを考えたのは自分でも初めてだったので、自分で自分の考えがふしぎに思えた。ふしぎといえば、×子さんにはまだほかにふしぎなところがあった。規則正しくうちに姿を現わしているのに、時どき二ヵ月とか三ヵ月、ぱったり来なくなってしまう。お宅へ電話してみても、どこへ行ったのか、さっぱり要領を得ない。そのうちにまたある日のこと、ひょっこりと訪れてくるのだが、ケロリとしていて何の説明もない。何となく聞いてはいけないような気配を私は感じた。

そのうちに彼女は女子大を中途退学して、のんきに暮らしながら作曲の勉強を始めた。よい先生についてさかんに曲をつくり、時どきピアノでそれを弾いてきかせてくれるのであった。

私は音楽は好きなのだが、ろくなセンスも知識もないから、聞かされる曲がうまいのかどうか、さっぱりわからない。彼女の広い家のヴェランダで一心不乱に弾きまくっている後姿を見ながら、私の注意はピアノの音よりも、むしろ彼女の弾きかたのほうに奇妙に惹きつけられた。動作は敏捷《びんしょう》で、タッチも力強いのだが、どういうわけか、腕の筋肉の動きかたが何ともぎこちない。まるで潤滑油《じゅんかつゆ》が切れているように見えるのはなぜだろうか。

対人関係で彼女が一般にどうだったのかは知らない。ただきわめて淋しい境遇にあったためか、私に対しては次第に当惑するほど献身的になり、べたべたと甘えるようになった。あるとき、うちへ来るなり心配でたまらないと言った顔をしていう。

「ゆうべあなた泣いていたでしょう？　何か悲しいことがあるの？」

「いいえ、泣いてなんかいなかったわ」

「だって夜のあいだずっとあなたの泣き声がきこえていたんですもの」

頑として彼女は言い張る。どうしてもこの人には、こちらの理解を越えるものがある、とあらためておどろいた。そのうちに戦争が始まりそうになり、渡米して医学に転向していた私は帰国して東京女子医専(3)に編入学させて頂いた。×子さんとの交際はあいかわらず続いていて、あるとき、バッハの曲ばかり組まれた音楽会の切符が手にはいったから、と私を招待してくれた。戦争も末期で音楽会などにはめったにありつけなかったから、大よろこびで学校の帰り制服姿で黒幕を張った会場へ寄った。

×子さんの隣の席につくと、向うどなりに見知らぬ青年医師がおられて紹介された。これがほかならぬ島崎敏樹先生であった。先生は当時東大精神科の医局長。×子さんが時どき雲がくれするのは東大病院に入院するためで、そのとき島崎先生がいつも主治医なのだという。

この先生こそ×子さんに関する数々の疑問の鍵をにぎっている人にちがいない。どういう工合に彼女に接したらよいかも教えて下さるだろう。そう思って私は先生に会見を申しこみ、長年の間、山ほどたまっていた質問を並べ立てると、先生は静かにたずねられた。

「あなたは精神医学を勉強したことがありますか」

「いいえ、学校ではまだ講義がありません。精神医学の本を読めば×子さんのことがわかるでしょうか」

「まずこれを読みなさい」

ブムケ(4)、クレッチマー(5)、ヤスパース(6)などなど、先生は次々と惜しみなく貸して下さった。生れて以来、思ってもみなかった人間の精神の世界の深みが急激に眼の前にひらけてきて圧倒されるばかりであった。

幻視、幻聴、妄想——人間の心にこんなふしぎな現象が起こりうるとは。女学校の頃から人間の心というものに最大の関心があったつもりなのに、こんな重要な世界を知らないで済ませていたとは。

それまでらいを志していたのに、右のことが機会となって、結局私は急に精神医学へ方向転換することになってしまった。それにこの道ならば家の者の反対もない、というずるい考えもある。内村祐之教授にお願いして東大の医局に入れて頂いたのは昭和十九年の秋であった。島崎先生はちょうどその頃、東京医歯大に教授として転じられ、医局では西丸四方先生や諏訪望先生に直接ご指導にあずかった。

さて、この道にはいったからと言って×子さんをよりよく理解し、彼女のよりよい友になり得たかというと、残念ながら全然そうではなかった。要するに認識と愛とは別の次元に属するものなのであろう。

心なき私は×子さんに次々と大きなショックを与えてしまった。第一には戦後の私の結婚。彼女はついにこのことを諒承《りようしよう》してくれなかった。第二の致命的なショックは私たちが渡米する可能性が出てきた時に起こった。確定するまで黙っているだけの思いやりもなく、私はある日のこと、それをチラッと口に出してしまった。その言いかたも悪かったのかも知れない。×子さんの顔はみるみるまっさおになり、そのまま黙って帰って行った。その晩、多量の睡眠薬をのんで、ついにその眠りから醒《さ》めなかったのである。このことはいつまで経っても痛い思い出となって私の心を責めつづけることになった。

それにしても彼女の病は何であったのだろうか。ふしぎですねえ、と島崎先生も当時言っておられた。病像は典型的に分裂病なのだが、経過は周期性で、平時の異常性はよほど注意ぶかく観察しなければみとめられず、知能も保たれ、感情も右記の通り、最後まで——と言っても自殺したとき、二十代の終り頃だったろうか——生きいきしていた。戦後になってくわしく研究されるようになった非定型性精神病の一つだったのかも知れない。遺伝的負荷はかなりみとめられた。

大川周明のこと

戦犯A級であったこの大学者の精神鑑定については内村先生が『わが歩みし精神医学の道』という著書でくわしく述べておられるし、今年の夏の「別冊文芸春秋」特別号に松本清張氏が「狂人」という題で、よく調べられた資料をもとに大川氏の姿をいきいきと描き出している。内村先生は昭和二十一年五月七日と十一日に米軍医の立会いのもとで精神鑑定のための検診をされたが、私は両日ともお手伝いにお伴した。大川氏は七日の時は元《もと》同愛病院（当時第三一六号占領軍病院）の病室におり、十一日は巣鴨拘置所へ移されていた。病院での大川氏は長身に紫色のガウンをまとい、発揚状態でたえず体を動かし、腕をふり、英仏独、果てはサンスクリットでしゃべりまくるので筆記に弱った。内容は宗教的、哲学的なことが主で、自分には毎朝孔子、孟子、キリスト、仏陀《ぶつだ》が耳もとに真理をささやいてくれる、それを毎日書きつけているのだと言って原稿の山を見せてくれた。

脳脊髄液《せきずい》を採って東大へ持ちかえり、内村先生の目の前でW氏反応(7)その他をやってみると、疑いもない梅毒の所見。結局責任能力なし、ということになって東大の一号病室に収容され、マラリヤ療法(8)が施行されることになった。

「内村ときさまが俺をきちがいにしやがったのだ」、彼の病室へ行くとよくこうどなられたものだ。昂奮《こうふん》はなかなかおさまらず、病室の窓ガラスをたたき割って手や腕を血だらけにした彼の姿を思い出す。しかし彼が説く教えの中には、深い真理と思われるものもまざっていて、ふしぎな気持におそわれたこともある。その後、氏は松沢病院に移され、そこで著述にはげんでいるとのことであったが、病院のすぐそばに住まって、時どき病院へ勉強に行ったのに、ついに氏を見まわずにしまった。

グラジオラスの花束

昭和三十三年頃から国立らい療養所長島愛生園で精神医療をほそぼそとやってきたが、らいと精神疾患をあわせ持つ人びとの姿はいくたりも心に深くきざみつけられている。

もう十年以上も前のこと、その頃の園では準精神病棟ともいうべき役割を果たしていた建物にTという三十代の大男が住んでいた。背も高ければ肩幅も広く、いわゆる闘士型そのものの体格の人であった。

平素の彼は無口で礼儀正しく、かわいらしいような無邪気な人物であった。ところが時どき嵐のように爆発的に怒る時期がやってくる。すると極めて粗暴《そぼう》になり、夜分徘徊し、とつぜん詰所《つめしょ》にぬっと現れ出ては看護婦たちをふるえあがらせた。暴力をふるうことも度たびあった。園には脳波測定器がなかったが、てんかん性のふきげん症ではないかという見当をつけて、ある医師が脳脊髄液を何ccかぬきとってみた。これがかなり奏効して彼をおちつかせたので、怒りの周期の時、何度かくりかえされたことがある。薬をのまそうとしても絶対に受けつけないので、打つべき手もほとんどなかった。

周期性ふきげんの時の行為がたたって、平生でも彼は患者たちから村八分にされ、看護婦たちにも恐れられていた。大きな子供みたいな彼は自らをもてあまし、時どき園から逃走した。逃走とは言っても戦後はらいに対する強制隔離の法律が撤廃されているから、べつに法にふれるわけではない。また彼のらいは他人に感染する病型ではなかった。外見もらいとは見えないほどふつうであった。

逃走して何をしていたのであろうか。どうも日雇《ひやとい》労働者として各地の飯場《はんば》を転々としていたらしい。何しろ体力は大いにあるので、しごとにはこと欠かなかったのであろう。しかし、時どき例のふきげん発作が起こって他人と大げんかをやらかしたらしい。皆のつまはじきになり、しごとにあぶれると、園に戻ってくるのであった。

大きなからだをちぢめるようにして、負け犬のようにすごすごと島に帰ってくる彼を見ると、逃走のたびごとに健康状態は悪くなり、からだはやせ細り、顔色は土色で全身に生傷がある。園当局としては管理の上でまた頭痛の種が一つふえるのであった。

私は島へ行くたびに彼の室を訪れ、よく話合った。薬は決してのもうとしなかったが、話にはよく応じ、発作時の自分のことについてはかなりの自覚があり、自分で自分を恥じているようであった。

もう七、八年も前の頃、園の官舎に滞在中のある朝、出勤しようとして玄関の戸をあけると、正面の石段の上にけんらんたるグラジオラスの大きな花束が置いてあった。贈り主はだれだろうと考えながら診療しているうちに、Tがその朝早くまた逃走したことを知った。それ以来、Tは島に戻ってきたことはない。どこかでのたれ死をしてしまったのではなかろうか。

今年もまた患者さんたちの住む区域にはグラジオラスの花がいたるところに目もあやに咲いている。往診に歩きながら花を眺めていると、沈うつなTの面影が浮かんでくる。あのあらくれ男の心の中にも、この花々のように美しくあでやかなものが咲いていたにちがいないのだ。彼には知るよしもなかったことだが、黙ってそっと置かれた花束の思い出は、現在に至るまで私の心の支えの一つとなっている。

苦悩と詩

愛生園では臨床の場以外でも、多くの患者さんと知り合いになった。医師としてでなく、人間としてふれあえたことを貴重に思う何人かの人びとがある。その一人はすでに逝いた詩人である。

おまえは
夜が暗いという

世界が闇だという
そこが光の影に位置していることを
知らないのか

じっと目をつむってごらん
風が　どこから吹いてくるか
暖いささやきがきこえるだろう

それは
いまもこの地球の裏側で燃えている
太陽のことばだよ

おまえが永遠に眠ってしまっても
新しい光の中で
おまえのこどもは　次々に生まれ
輝いている　変らない世界に住むのだよ

（原田憲雄・原田禹雄《のぶお》編『志樹逸馬《しきいつま》詩集』、方向社、一九六〇年）

これは「夜に」と題する詩で、彼が一九五九年四十二歳で亡くなる約十ヵ月前に書いたものである。深い、ほんものの宗教的心情を、借りものでないことばで表現する稀有《けう》な詩人として、この人の詩集を私はいまだに時どき出しては読みなおしてみる。そのたびに思い出すのが、一九五九年夏のある日、彼の住む舎を訪れたときにみた光景である。

それはとくべつに暑い夏であったように思う。何の用であったか、私は舎の玄関に立ち、胸をつかれて棒立ちになってしまった。それまではいつでも杖にすがって微笑をたたえている彼にしか接したことはなかったのだが、今見る彼は玄関のあがりぎわの廊下のところに、肌着一枚でうつ伏せにぶったおれている。まるで瀕死の状態のようにあえいでいる。

「どうなさったのですか」

声をかけると彼はゆっくりと顔をあげた。ひどく苦しげな、そして間の悪そうな表情で何も言わない。何も言えないのだ。むしろ帰ってくれと言われているようであった。

「ごめんなさい。つい失礼してしまって」そう言って立ち去るとき、何かあの苦しみを和らげる方法はなかったろうか、という自問と同時に、見てはならないところを見てしまったようなうしろめたさを感じていた。

この詩人は結節らいを患《わずら》っていたのだが、この病型の人にとって夏は残酷な季節である。結節のために汗腺がふさがって発汗が充分できないため、灼熱《しやくねつ》地獄の責苦にさいなまれる人がかなりある。おそらくこの詩人もそういう状態であったのだろう。

苦悩は力を生み、美を生むという。この詩人の水晶のような作品の数々を生むために、このどろどろな苦しみが必要であったのだろうか。あんなに美しい詩を書いてくれるよりも、こんな病気にかからないでくれたほうがよかった、と彼の死後、彼の友人が追悼のことばに書いているのを読んだ。友人として真実の思いであろう。

ついさいきんも、俳句の名人が亡くなった。この人も長い病歴を持ち、五十代になったこの頃はとみに衰えが目立っていた。べつに精神病でもノイローゼでもなかったのだが、頭痛がするとか頭が重いとか、ちょっとしたことを恐らく口実にして、精神科の外来に時どきやってくるのであった。しかし、診察よりも投薬よりも、彼の関心は俳句の話をすることにあったらしい。彼の句はきわだって澄んだ心の境地をあらわし、そのことばづかいは精緻であった。そのうちにお金がたまったら句集を出したいのです、とよく語っていたが、それを果たさずに逝ってしまった。

すぐれた文学作品の多くは作家の心身の苦しみを代価として生まれるという。らい療養所で昔から文芸がさかんなこと、かなりの名手がいることは当然というべきなのであろう。げんに日本の中央文壇で一般の詩人や俳句作家と肩を並べて書いてきた人や、またそれだけの力量を持った人が全国のあちこちの園にいる。このことは世間ではあまり知られていないかも知れないが、まぎれもない事実なのである。

苦悩という坩堝《るつぼ》から美が発生しうるとすれば、医師という立場にある者はその美の〝励起《れいき》状態〟に立ちあう機会が時たまあるわけだが、それはただ立ち合っているだけでも苦しくなるような、厳粛《げんしゅく》な現象であるというほかはない。

（一九七一年　五七歳）

美しい老いと死

生まれおちると間もなく大病をわずらい、それから約二十年ごとに「死に至りうる病」にかかって来た私は、今年還暦を迎えてなお生かされているのをふしぎに思う。多くの優れた知人友人が夭折《ようせつ》しているのに、どういうわけだろう、といぶかしく感じると同時に、生きるのを助けてくれた母を初め、多くの人やものごとに感謝の念が湧く。病が癒されるたびに、その後の生命を「余生」と呼んで人に笑われたこともあるが、今はこういうことばを使ってもおかしくないだろう。

ようやく暑さが去って、澄んだ静かな秋を迎えようとするとき、いつものように「敬老の日」がめぐってくる。どうか一日だけの行事に終わることなく、多くの恵まれない老人のために、できる限りの助けがさしのべられるようにと願う。

老いも死も美しく、みごとなものでありうることを、私はいくたりかの恩師に身をもって示された。ここでは二人の方のことを述べてみよう。

ひとりは津田塾大学の二代目学長星野あい先生。一九七二年に八十八歳で亡くなられたが、晩年、おからだが不自由になられてからは、東中野のお宅で歌など作って静かにすごされていた。時どきお訪ねすると、いつもふくよかな笑みをたたえて、こちらの近況や大学のことなどをたずねて下さり、少しも過去の思い出話などなさらなかった。

「私はね、一生独身で来たので子どももいないけれど、その代わり大ぜいの卒業生がみな私の子どもで、皆さんよく訪ねて下さるので、しあわせですよ」と明るく言われたことがある。年とともに偉大なる慈母と呼ぶにふさわしい存在になって行かれたように思う。

なくなられる少し前、聖ルカ病院にお見舞いすると、先生は両鼻腔《りょうびくう》に管を挿入されて酸素吸入をしておられたが、意識ははっきりしており、いつものほほえみをたたえ、麻痺していないほうの手で私の手をにぎり「ありがとう」と言われた。私は胸が一杯になり、何を言ったらいいかと一瞬とまどったが、ふいにこんなことばが飛び出してきた。

「先生、今度また集中講義に出てきたのですけれど、講義のあとで話にくる学生さんたちは、とてもかわいいのですよ」

「そう、よくかわいがってやってちょうだいね」と先生はうれしそうに言われた。これがこの世で先生との最後の別れとなった。

もうひとりは田島道治先生。晩年に六年間宮内庁長官をつとめてから勇退され、さらに十二年間、野に在って、種々の重い任務につかれてから一九七〇年に亡くなられた。先生とのご縁といえば、私が生まれる前にさかのぼる。先生と父（注・前田多門）とは一高で一緒だったし、ともに新渡戸稲造先生に傾倒していたから、父にとって先生は生涯の大切な友であられたのだろう。先生は「何もかも見ぬいてしまう」鋭い頭脳の持ち主だ、と父は常に言っていた。すぐれた銀行家であられたばかりでなく、早くから孔子を深く研究しておられ、その道義感覚はとぎすまされていた。そのためか、先生は父をふくめて、わが家ぜんたいの隠然たる「目付け役」であられたように思う。それで私は長い間、先生のことを何となく「こわい人」と思っていた。

先生は名利をきらうことはなはだしく、いろいろな重要な事柄の縁の下の力もちになるほうを好まれたようだ。戦争で焼け出されてからは目白の徳川家の一隅に借りずまいをしておられた。銀行を引退され、野にあられたころであったろうか。何かのことで先生のところへ使いに行ったとき、広くがらんとした座敷に端然とすわって机にむかい、書きものをしておられた。傍には分厚い書物がうず高く積まれていたのを思い出す。その後、外国人の孔子研究書を訳して出版されたから、あるいはその時、そういう仕事をしておられたのかも知れない。敗戦で混乱をきわめている時代だったから、大木の茂る庭に面して静かに思索しておられる先生のお姿は、何か別世界のもののように思われた。

「こわい先生」がいつのころからか「やさしい先生」に変貌されたのは、どういうことだったのだろう。終戦直後の十ヵ月間、私は文部省で手伝いをさせられていたが、そのころ先生はちょいちょい私の部屋に立ちよられ、ことば少なに貴重な忠告や励ましを与えて下さった。その時はすでに「やさしい先生」だった。

やがて先生は宮内庁の仕事につかれ、麻布《あざぶ》に新しい家を建てられた。この長官という役目の内容や意味を私は少しも知らないのだが、ともかく「かしこきあたり」に出入りされるようになっても、先生は少しも変わらず、それまでと同じように謹厳《きんげん》で、やさしさにみちておられた。友人の娘にすぎない私に対して、親代わりのような存在になって下さったのは、父が一九六二年に亡くなってからのことだったと思う。

もう一人の恩師、三谷隆正先生とは、思想のちがいにもかかわらず肝胆相照《かんたんあいて》らす仲だった、と田島先生から伺ったことがあるが、そう言えばお二人に共通なところがいくつもあった。三谷先生は五十代に亡くなられたので、老いは経験されなかったと言えよう。

私はつとめのために、時どき関西から上京していたが、しばしば田島先生が、七十代後半の御身をもって、ひとり新幹線のプラットフォームに迎えて下さるのにはおどろいた。何度かお宅でさしむかいでごちそうになったが、奥様は黙って、ニコニコとお給仕をして下さるので、これまた恐縮で身がちぢむ思いがしたものだ。こういう時、先生はいろいろと質問された。

「論語には仁ということばがありますが、キリスト教の愛とどうちがいますか」

こういうたぐいの難問にこちらはただへどもどし、先生は何かとりちがえておられるのではないか、と時どき考えた。しかし、いつまでも若々しい探究心、そして若い者の考えをも聞こうとされる心のしなやかさに、感銘するばかりだった。宮内庁での六年間、公人としてどういう貢献をされたかは全く口にされなかったし、ジャーナリズムに乗ることもなかったから私には全くわからない。ただ与えられたむつかしい任務に全力投球しておられることだけは推察できた。

きびしく自己節制をしておられた先生も、八十代の前半にとうとう病む日々を迎えられた。最後に病院にうかがったとき、先生は酸素テントにはいっておられたが、おそばに立つと自らの手でテントを押しあげ、お顔を近づけて真剣な表情で言われた。

「私のことはね、心配しないでいいから、あのことだけは頼みますよ、いいですか」

「あのこと」とは全く公のことであった。みごとな老人というものは、死にさいしてもなお公のこと、他人のことを心にかけているものだ。苦しい呼吸の中での、あのことばの迫力に私は今なおたじたじとしている。

（一九七四年　六〇歳）

山の稜線

私は山の稜線《りようせん》を好んでながめる。そこに一本または数本の木が立っていればなおさらよい。木々の間を通してみえる空は神秘的だ。その向こうには何が——との思いをさそう。

ことに夕暮れなど、山が次第に夕もやの藍《あい》に沈みゆくとき、稜線の木の枝がくっきりとすかし模様をえがき、それを通してこの世ならぬ金色の光りがまぶしく目を射る。それを見ると、地上にどんな暗いものが満ちていようとも、あそこにはまだ未知なもの、未来と永遠に属する世界があると理屈なしに思われて、心に灯がともる。非合理な「超越」への思慕も、昔から人の心をささえて来た。

たしかに地球は争いや苦悩に満ちている。ことに私のまわりには心身を病む人があふれている。また彼らの肉親の悲しみも、多くは一生つづいて行く。こうした苦しみや悲しみをいやすのに、人間の知恵も力もあまりにも弱い。私はたった一人の人間でさえ、真の意味で最後まで愛し通すと断言することはできない。通り一遍の愛情ですら注ぎうる相手は十指に余らないかも知れない。

しかし、山のかなたに目をやりつつ私はまた考える。人間の内外には多くのみにくいもの、苦しいものがあるけれども、同時にまた互いにむつみ合いたい心、真善美を求める心も、やみがたく人の心に宿っているのではないか。何かの力の泉を掘りあてれば、暗いものへ向かう力も明るいものへ向かう力へと転化し、後者を更に強めることもありうるのではなかろうか。精神分析でいう昇華の概念は、じっさいにはこうした現象と大してちがわないのかも知れない。

月へ行くのもいいが、何より地球を平和な、美しいところにしたいものである。無力さに打ちひしがれるとき、山に向かって目をあげて、この願いと希望をあらたにしよう。

（一九六七年　五三歳）

バッハの力

今年もあと少しで暮れて行く。この一年間も、あいもかわらずおろかしいこと、軽はずみなことばかりしてきたものだ。いったい新しい年を迎える資格があろうか。

こういう思いに沈んでいるとき、グレン・グールド[1]のひく力強いバッハの曲が流れ出してきて、その深い精神性と超越性で支えてくれる。おろかなままで、無力なままで、許されて生きよ、と。人類や地球をはるかに越える無限の世界がある。歴史的時間は永遠の時間の一断面にすぎないのだ、と。

それにしても、ものごころついて以来、バッハは何という恩人であってくれたことか。音楽はことばでないだけに、かえって普遍性を持っている。それは時代を越え、文化や国家の境界をのりこえることができる。その証拠には、このごろの日本ではラジオのスイッチをひねるだけでバッハの音が流れ出さない日はない、と言えるくらいなのだ。

ということは、それだけの需要が日本人の間にある、ということなのだろう。この春のアメリカ生活で知ったのだが、あちらでは、たとえFMでも、日曜以外にバッハを流すことはめったにない。平生は精神よりも肉体をゆさぶるような音楽ばかりだった。

日本の若者たちの間にバッハの愛好者が多いことはまぎれもない事実である。これは彼らの心の飢えとあこがれを示すものではなかろうか。これに答える力強い代弁者こそ、現代日本が求めてやまないものだと思う。

（一九七〇年　五六歳）

註

ひととしごと

1［サン＝テグジュペリ］アントワーヌ・ド・サン＝テグジュペリ（一九〇〇―四四）。フランスの小説家、飛行機操縦士。『星の王子さま』で著名。**2**［長島愛生園］岡山県瀬戸内市の長島にある、ハンセン病（本書では「らい」）の療養所。神谷は一九五七年から七二年の間勤務。**3**［ラポール］もともと臨床心理学の用語で、相互信頼関係の意。

万霊山にて

1［光田健輔］医師、病理学者（一八七六―一九六四）。長島愛生園の初代園長もつとめた。ハンセン病撲滅に生涯を捧げたが、その功罪は現在も論じられている。

患者さんと死と

1［マルクス・アウレリウス］マルクス・アウレリウス・アントニヌス（一二一―一八〇）。ローマ帝国第一六代皇帝。五賢帝最後の皇帝。自らの思索を綴った『自省録』で知られ、古典ギリシャ語を得意とした神谷自身も訳している（現岩波文庫）。

使命感について

1［高群逸枝］詩人、女性史研究家（一八九四―一九六四）。自伝『火の国の女の日記』は一九六五年の刊行。**2**［ハマーショルド］ダグ・ハマーショルド（一九〇五―六一）。スウェーデンの外交官。第二代国際連合事務総長をつとめた。『道しるべ』は死後公刊された断想・箴言集。

自殺と人間の生きがい

1［大原健士郎］精神科医（一九三〇―二〇一〇）。自殺研究の第一人者。

初夢

1［ヴォルテール］フランスの思想家、文筆家（一六九四―一七七八）。一七五九年に発表した「カンディード、あるいは楽天主義説」は代表作のひとつで、「われらの庭を～」の文言は物語の最後に登場する。

育児日記を繰って

1［ウィリアム・シュテルン］ドイツの心理学者（一八七一―一九三八）。自身の子三人の観察をもとに児童心理学の著作をなした。**2**［カレン・ホーナイ］新フロイト派の精神科医、精神分析家（一八八五―一九五二）。

交友について

1［ケース・カンファレンス］ケースカンファレンス。医師や看護師、ソーシャルワーカーなど、患者の援助にかかわる人々が集まって行う事例検討会。

野の草のごとく

1［生命は糧にまさり、体は衣にまさるなり］新約聖書冒頭の「マタイによる福音書」中の言葉。**2**［鞭撻］強くはげますこと。

なぐさめの言葉

1［アミタール面接］催眠剤のアミタールを徐々に注射し、患者の緊張や葛藤を取り去って面接を行う、精神分析の手法。

「存在」の重み

1［亡父］前田多門（一八八四―一九六二）。内務省官僚、国際労働機関日本政府代表、朝日新聞論説委員、貴族院議員、文部大臣などを歴任。晩年の神谷との交流は「父（前田多門）の人間像」に詳しい。**2**［ピアジェ］ジャン・ピアジェ（一八九六―一九八〇）。スイスの心理学者。特に発達心理学の分野で、大きな影響を及ぼした。**3**［エリート校］一九二一年、神谷は聖心女子学院小学部に編入した。**4**［ベルグソン］アンリ・ベルグソン（一八五九―一九四一）。フランスの哲学者。**5**［フーコー］ミシェル・フーコー（一九二六―八四）。フランスの哲学者。一九六〇年代以降の哲学界に多大な影響をもたらした。神谷は代表作の一つ『臨床医学の誕生』を訳している。**6**［レマン湖］スイス・フランス国境にある湖。湖畔にジュネーヴやローザンヌがある。レ・ザヴァンは、湖東岸の保養地。**7**［ダルトン・プラン］一九二〇年、アメリカの教育者ヘレン・パーカーストが創始した教育法。生徒に学習目標を決めさせ、個別に学習を進める方法。**8**［長與善郎］作家（一八八八―一九六一）。**9**［兄］前田陽一（一九一一―八七）。仏文学者。ブーレーズ・パスカル研究の権威。東大教養学部教授などを歴任。**10**［ラ・ロシュフーコー］フランソワ・ド・ラ・ロシュフコー（一六一三―八〇）。フランスの貴族。独特の箴言集が現在でも読み継がれている。**11**［森有正］哲学者、仏文学者（一九一一―七六）。東京大学助教授時代の一九五〇年に渡仏、のちパリ大学で日本語・日本思想を講じた。**12**［ガルニエ仏訳版］ガルニエ社は一八三三年から一九八三年まで存在した出版社。古今のヨーロッパの名著の翻訳で知られた。**13**［津田］津田英学塾（現津田塾大学）。神谷は一九三二年に津田英学塾に入学。**14**［三谷隆正］法学者（一八八九―一九四四）。クリスチャンとして知られ、東大時代からキリスト教思想家の内村鑑三（一八六一―一九三〇）に師事。信仰の足跡は『三谷隆正全集』に結実した（本書「愛に生きた人」参照）。**15**［島崎敏樹］精神科医（一九一二―七五）。日本における精神病理学の第一人者として知られた。**16**［内村祐之］精神科医（一八九七―一九八〇）。内村鑑三の長男。東京大学名誉教授。**17**［安倍能成］哲学者、政治家（一八八三―一九六六）。夏目漱石の弟子としても有名。戦後、幣原喜重郎内閣で文部大臣をつとめた。**18**［大川周明］思想家（一八八六―一九五七）。超国家主義を唱え、日本を戦争に煽動したとされ、第二次大戦後A級戦犯として逮捕されるも、裁判中に精神異常とされ、被告から除外された。のち、内村祐之、神谷美恵子らにより梅毒による精神疾患と診断された。

想像力を育てるもの

1［フレーベルの「恩物」］幼児教育の祖と言われるドイツの教育学者フリードリヒ・フレーベル（一七八二―一八五二）が考案した教材。積み木や色板など二〇種類からなる。**2**［クエーカー］一七世紀にイギリスで成立した宗教団体。キリスト友会、フレンド派とも呼ばれる。日本では新渡戸稲造、前田多門が信徒として知られる。

父（前田多門）の人間像

1［内村先生］内村鑑三。キリスト教思想家。無教会主義を唱えたことで知られる。新渡戸稲造は札幌農学校の同期。**2**［歎異鈔］「歎異抄」とも。鎌倉時代後期の仏教書。親鸞没後の浄土真宗の教えをまとめた書で、「善人なほもつて往生をとぐ、いはんや悪人をや」の一節は特に有名。

愛に生きた人

1［三谷先生］三谷隆正。「「存在」の重み」註14参照。

心に残る人びと

1［ヴァジニア・ウルフ］イギリスの作家・評論家（一八八二―一九四一）。二〇世紀モダニズム文学を代表する作家の一人。ウルフの精神疾患と自殺の病跡を調べ、著作『ヴァジニア・ウルフ研究』を残すなど、神谷にとって重要な作家であった。**2**［ネルヴァル］ジェラール・ド・ネルヴァル（一八〇八―五五）。フランスの詩人。ウルフと同じく精神疾患を抱えながら創作を行っていたが自殺した。**3**［東京女子医専］現在の東京女子医科大学。コロンビア大学で医学を学んでいた神谷は、一九四一年に帰国して編入学した。**4**［ブムケ］オズヴァルド・ブムケ（一八七七―一九五〇）。ドイツの精神科医、神経学者。**5**［クレッチマー］エルンスト・クレッチマー（一八八八―一九六四）。ドイツの精神科医。ヒトの気質を類型化したことで知られる。主著『天才の心理学』。**6**［ヤスパース］カール・ヤスパース（一八八三―一九六九）。ドイツの哲学者、精神科医。精神科医としての主著は『精神病理学総論』。**7**［W氏反応］ワッセルマン氏反応。梅毒感染を検出する方法の一つ。**8**［マラリヤ療法］毒性の弱いマラリア原虫を接種して発熱させ、病原体の増殖を防ぐ療法。主に梅毒治療に用いられた。現在はその危険性から行われていない。

バッハの力

1［グレン・グールド］カナダのピアニスト、作曲家（一九三二―八二）。バッハの作品に傾倒し、多くの作品の録音を残している。

神谷美恵子

かみや・みえこ（一九一四〜一九七九）

精神科医

生まれ

大正三（一九一四）年一月十二日、岡山県岡山市に誕生。父前田多門は内務省官僚。母は房子。父の仕事で九歳でスイスのジュネーヴへ。帰国後、成城高等女学校、津田英学塾（現津田塾大学）卒。結核で二度療養後、コロンビア大学を経て東京女子医学専門学校卒。

勤め

戦争末期、東京帝国大学精神科に入局。終戦後、文部大臣に就任した父の通訳となり、GHQとの交渉に従事。大阪大学、神戸女学院大学を経て、母校の津田塾大学教授。ハンセン病の療養施設・長島愛生園精神科にも十五年勤務。

家族・結婚

兄の前田陽一は仏文学者。妹に勢喜子、とし子、弟に寿雄。昭和二十一（一九四六）年結婚。夫は生物学者の神谷宣郎。二男あり。長男律も生物学者、次男徹はリコーダー及びストロー笛奏者。

交友

往復書簡集が出版された、アメリカ留学時の友人浦口真左との四十年の友情が知られる。新渡戸稲造や作家の野村胡堂とは家族ぐるみで交流。美智子皇太子妃（現皇后）の相談役でもあった。

ハンセン病

英学塾時代にハンセン病患者と出会い、医学を志す端緒となる。戦時中に長島愛生園を訪れ、園長光田健輔の人柄に惹かれる。昭和三十一（一九五六）年、ハンセン病の精神医学調査のため念願の愛生園へ赴き、翌年から十五年間精神科の診療にあたった。患者との交流が後の名著『生きがいについて』に結実した。

宗教への関心

父母はクエーカーで、周囲に新渡戸稲造、三谷隆正、叔父の金沢常雄などクリスチャンが多く、キリスト教への関心を生涯持ち続けたが入信はしなかった。晩年は仏教へも関心を深めた。

語学・翻訳

スイスで幼少期に触れたフランス語、結核療養時に磨きをかけたギリシャ語、ラテン語、ドイツ語、英語などが堪能で、家計を支えるため語学講師もしていた。マルクス・アウレーリウスの『自省録』、ミシェル・フーコーの『臨床医学の誕生』など、現在でも読み継がれる翻訳を手がけている。

もっと神谷美恵子を知りたい人のためのブックガイド

「生きがいについて」神谷美恵子著、みすず書房、二〇〇四年（新装版）

刊行（一九六六年）から五十年以上経った今も読み継がれる名著。人生に欠かせない「生きがい」とは何か――自らのハンセン病患者との交流や文学、哲学など広範な事例から説き明かす。

「人間をみつめて」神谷美恵子著、みすず書房、二〇〇四年（新装版）

「なぜ私たちではなくてあなたが？」――神谷美恵子が生涯心に抱き続けた問い。「生きがいについて」での思索をさらに深めるべく、長島愛生園での経験を中心に省察を深めた書。

「こころの旅」神谷美恵子著、日本評論社、一九七四年

誕生から死まで、各人生段階での人間のこころのありようを描く。「こころというものの変幻自在なふしぎさ」を丹念にとらえ、精神科医としてのまなざしが光る一冊。

「神谷美恵子日記」神谷美恵子著、角川文庫、二〇〇二年

著書の静謐な文章の裏に秘められた内面の情熱と葛藤と欲求。焦りと迷い、そして喜びが浮き彫りにされた本書からは、「人間・神谷美恵子」の姿がかいま見える。

「神谷美恵子の世界」みすず書房編集部編、みすず書房、二〇〇四年

一生をたどった充実の写真群、中村桂子、鶴見俊輔、中井久夫、加賀乙彦などによる寄稿、さらにはコラムや神谷自身の詩などで、彼女の人となり、生活を知ることができる。

その他、翻訳家としての仕事に、マルクス・アウレーリウス**「自省録」**（岩波文庫、二〇〇七年〔改版〕）、ミシェル・フーコー**「臨床医学の誕生」**（みすず書房、二〇一一年〔新装版〕）、ヴァージニア・ウルフ**「ある作家の日記」**（みすず書房、二〇一五年〔新装版〕）などがある。

本書は、以下の本を底本としました。
「万霊山にて」…『神谷美恵子著作集』（以下『著作集』）2、みすず書房、一九八〇年
『新渡戸稲造全集』」…『著作集』3、みすず書房、一九八二年
「島の診療記録から」「使命感について」「自殺と人間の生きがい」「いのちのよろこび」「育児日記を繰って」「交友について」「野の草のごとく」「想像力を育てるもの」「父（前田多門）の人間像」「愛に生きた人」「山の稜線」…『著作集』5、みすず書房、一九八一年
「ひととしごと」「患者さんと死と」「与える人と与えられる人と」「初夢」「子どもに期待するもの」「なぐさめの言葉」「老人と、人生を生きる意味」「「存在」の重み」「心に残る人びと」「美しい老いと死」…『著作集』6、みすず書房、一九八一年
「医師が患者になるとき」…『著作集』別巻「神谷美恵子 人と仕事」、みすず書房、一九八三年
「バッハの力」…『神谷美恵子・エッセイ集』II、ルガール社、一九七七年

表記は、新字新かなづかいに改め、読みにくいと思われる漢字にはふりがなをつけています。また、今日では不適切と思われる表現については、作品発表時の時代背景と作品価値などを考慮して、原文どおりとしました。

なお、文末に記した執筆年齢は満年齢です。

STANDARD BOOKS

神谷美恵子 島の診療記録から

発行日――2017年8月9日 初版第1刷
2021年9月10日 初版第3刷

著者――神谷美恵子

発行者――下中美都

発行所――株式会社平凡社
東京都千代田区神田神保町3-29 〒101-0051
電話（03）3230-6580［編集］
（03）3230-6573［営業］
振替 00180-0-29639

印刷・製本――シナノ書籍印刷株式会社

編集協力――大西香織

装幀――重実生哉

ISBN978-4-582-53162-6
NDC分類番号914.6 B6変型判（17.6cm） 総ページ224
平凡社ホームページ http://www.heibonsha.co.jp/
落丁・乱丁本のお取り替えは小社読者サービス係まで直接お送りください
（送料は小社で負担いたします）。

STANDARD BOOKS　刊行に際して

STANDARD BOOKSは、百科事典の平凡社が提案する新しい随筆シリーズです。科学と文学、双方を横断する知性を持つ科学者・作家の珠玉の作品を集め、一作家を一冊で紹介します。

今の世の中に足りないもの、それは現代に渦巻く膨大な情報のただなかにあっても、確固とした基準となる上質な知ではないでしょうか。自分の頭で考えるための指標、すなわち「知のスタンダード」となる文章を提案する。そんな意味を込めて、このシリーズを「STANDARD BOOKS」と名づけました。

寺田寅彦に始まるSTANDARD BOOKSの特長は、「科学的視点」があることです。自然科学者が書いた随筆を読むと、頭が涼しくなります。科学と文学、科学と芸術を行き来しておもしろがる感性が、そこにあります。

現代は知識や技術のタコツボ化が進み、ひとびとは同じ嗜好の人としか話をしなくなっています。いわば、「言葉の通じる人」としか話せなくなっているのです。しかし、そのような硬直化した世界からは、新しいしなやかな知は生まれえません。

境界を越えてどこでも行き来するには、自由でやわらかい、風とおしのよい心と「教養」が必要です。その基盤となるもの、それが「知のスタンダード」です。手探りで進むよりも、地図を手にしたり、導き手がいたりすることで、私たちは確信をもって一歩を踏み出すことができます。規範や基準がない「なんでもあり」の世界は、一見自由なようでいて、じつはとても不自由なのです。

このSTANDARD BOOKSが、現代の想像力に風穴をあけ、自分の頭で考える力を取り戻す一助となればと願っています。

末永くご愛顧いただければ幸いです。

2015年12月

ロゴマークデザイン：重実生哉